Londons geheimster Zirkel

Barbara Laban

Londons geheimster Zirkel

CHICKEN HOUSE

Die versteckte Botschaft

Gregg hat sich mein Schulkleid über den Kopf gezogen. Es hängt um seinen Hals wie ein Fußballschal mit roten und weißen Karos. Er versucht seine Arme durchzustecken, was natürlich nicht klappt. Seine Oberarme sind so dick wie Laternenpfähle.

Er ist auch genauso dämlich wie ein Laternenpfahl. Das steht fest.

Jedenfalls glaubt Gregg sogar mit fünfzehn immer noch, er könne mich damit ärgern, dass er meine Sachen nimmt oder sie kaputt macht. Das Kleid ist mir aber völlig egal.

Es macht einen Riesenratsch. Mein Kleid ist jetzt quasi ein Mantel, denn direkt unter dem Reißverschluss hat Gregg es aufgerissen.

Meine Mutter dreht sich um und stößt einen spitzen Schrei aus. Dann stürzt sie sich auf Gregg, zieht das Kleid von ihm runter und fängt an, mit beiden Händen auf seinen Kopf zu trommeln.

Ehrlich, das bringt auch nichts. Mama und Jimmie haben in all den Jahren schon so viel ausprobiert. Reden, schreien und eben auf den Kopf trommeln. Mama fällt das gerade wieder ein, denn sie stößt einen tiefen Seufzer aus und lässt Gregg entwischen.

»Was sollen wir denn jetzt machen?«, fragt sie und hält mir das rot-weiße Stück Stoff entgegen. Ich strecke meine Hände aus und wir halten zusammen das Kleid fest. Dabei gehe ich ein bisschen näher an Mama heran und atme tief ein. Sie riecht nach Zuckerwatte und salziger Meeresluft. Mein absoluter Lieblingsduft.

»Schon in Ordnung«, sage ich und tätschele ihre Hand, die sich rau anfühlt und kalt. »Ich ziehe einfach erst mal den grauen Rock an. Vielleicht kann man es ja wieder nähen.«

Mama nickt und beißt sich auf ihre Lippen, die ganz verrunzelt und trocken sind. Man kann lauter kleine Blutkrusten darauf erkennen. Ich streiche ihr ein paar orange Haarsträhnen hinter die Ohren und gebe ihr einen Kuss auf die Wange. Dann kuschele ich mich noch kurz an sie.

Der graue Rock hat überhaupt nichts mit meiner Schuluniform zu tun. Mich stört das nicht im Geringsten. Selbst mit der richtigen Uniform sehe ich immer anders aus als die anderen. Ich weiß nicht genau, woran das liegt. Die heilige St. Claudia wird mal wieder ein Auge zudrücken müssen. Sie ist die Namensgeberin meiner Schule und da sollen wir heute das rot karierte Kleid mit den kurzen Armen tragen, obwohl es September ist und höchstens zwölf Grad hat draußen.

Zum Frühstücken bleibt keine Zeit mehr. Dabei habe ich gestern an der Tankstelle neue Frosties gekauft. Entweder Gregg hat heute Morgen die ganze Packung gegessen, was öfter vorkommt, oder Jimmie war heute Nacht hier. Das ist mein anderer großer Bruder, aber er ist schon siebzehn und meistens wissen wir nicht, wo er steckt.

Sich bei Mama zu beschweren hat keinen Sinn. Sie muss

gleich los zu einem ihrer Jobs. Sandwiches schmieren, die ihre Freundin Betsy dann mittags in irgendwelche Büros fährt.

Leider kann Mama die Brote nicht hier bei uns machen. Eigentlich ist sie nämlich Friseurin und schneidet Leuten in unserer Küche die Haare. Deshalb fliegen ständig winzige Härchen hier rum. Auch auf unserer Butter. Ein Grund, warum ich nie Toast esse. Obwohl es das Einzige ist, was wir immer im Haus haben.

Unter meinem Bett steht eine Kiste mit Klamotten, die mir nicht mehr passen. Darunter finden sich stapelweise Londoner Postkarten, die ich sammle, seit ich klein bin. Leider ist in letzter Zeit keine mehr dazugekommen. Zwischen den Blusen meiner alten Schuluniform und meinem lila Lieblings-T-Shirt, das zwei Löcher hat, finde ich ein halbes Snickers. Hier unten ist meine Vorratskammer und Gregg hat sie zum Glück noch nicht entdeckt.

»Tabby, kommst du klar?«, ruft Mama aus dem Flur.

»Ja«, antworte ich mit vollem Mund und höre die Tür ins Schloss fallen. »Bis heute Abend«, sage ich noch, aber sie hat es sicher nicht gehört.

Über uns schreit die alte Mrs Harmston ihren Mann an. Sie sagt, er sei schwerhörig, aber Mama meint, das stimmt nicht. Mrs Harmston brauche einfach jemanden zum Anbrüllen, damit sie wieder nüchtern werden kann.

Auf einmal atme ich die winzigste Vorahnung seines Geruchs ein, der neuerdings hauptsächlich aus Zigaretten besteht, die er immer heimlich raucht. Aber es ist zu spät. In diesem Moment stürzt Gregg sich auf mich und reißt mir den Rest des Snickers aus der Hand.

»Gib das zurück, du Stinktier«, brülle ich, aber Gregg hat das Snickers schon verschlungen, ohne zu kauen, wie eine Anakonda, die ihre Beute runterwürgt. Er blinzelt noch kurz mit seinen hellen, fast durchsichtigen Wimpern, dann verzieht er sich mit einem grunzenden Geräusch aus meinem Zimmer.

»Tut mir leid mit dem Kleid«, brüllt er noch auf dem Flur, »ist sowieso viel zu kalt dafür.«

Auf dem Bett liegt Mr Hippo. Ich lasse mich neben ihn fallen und halte ihn ganz dicht an meine Wange, so dass ich mir mit seiner grauen abgegriffenen Pfote über die Nase fahren kann. Das beruhigt mich immer sofort. Mr Hippo trägt ein grün-blau gemustertes Hawaii-Shirt, hat aber keine Hosen an. Das Shirt ist an seinem Körper festgenäht und total ausgeblichen. Mr Hippo ist ziemlich alt und genau genommen ist er nur ein Ersatz.

Der erste Mr Hippo trug ein Fußball-Trikot von Manchester United und er hatte natürlich eine Hose an. Ich habe ihn an einem Parkplatz vergessen, als wir in den Sommerferien nach Wales gefahren sind. Wir waren schon am Meer angekommen, bevor ich bemerkt habe, dass Mr Hippo immer noch auf dem modrigen Holztisch liegt, direkt neben dem überquellenden Abfalleimer an der Autobahn.

Erst mal habe ich stundenlang geheult. Jimmie ist dann einfach abgehauen, ohne jemandem was zu sagen, und kam erst am Abend mit Mr Hippo zwei zurück. Irgendwie hat er mich überzeugt, dass Mr Hippo uns hinterhergetrampt und zwischendurch schnell in seine Sommerklamotten geschlüpft war. Ich habe mitgespielt und alle dachten, ich hätte Mr Hippo eins vergessen. Habe ich aber nicht. Selbst wenn der alte Mr Hippo und der neue sich ähnlicher gesehen hätten, ihr Geruch war grundverschieden. Der alte roch nach Gras und Zeitungspapier, der neue irgendwie nach Plastik. Manchmal träume ich von Mr Hippo eins und dass ein kleiner Junge mit schwarzen Haaren ihn mit nach Hause genommen hat. Sie sitzen gemeinsam vor einem enormen Fernseher, auf dem Manchester United gerade gegen Manchester City gewinnt.

Ich lasse die Pfote noch zweimal über meine Nase gleiten und rolle mich zum Rand des Bettes. Als ich die Klamotten zurück in die Kiste stopfe, sehe ich den Kompass. Nur ein winziges Stück der silbernen Umrandung ist zu erkennen, der Rest steckt in einer blauen Seidentasche. Mein Herz fängt an heftig zu pochen. So schnell ich kann, werfe ich eine Bluse über die Seidentasche und schiebe die Kiste zurück unters Bett.

Eine halbe Stunde später stehe ich auf der Straße, im grauen Rock und mit einer dunkelblauen Bluse, weil keine weiße aufzutreiben war. Das entspricht jetzt weder einer Sommer- noch einer Winterschuluniform. Mein Magen knurrt und ich wünschte, der Tag wäre schon vorbei. Dann hätte ich wenigstens nur noch viermal St. Claudia vor mir.

Wenn Mama nicht aus Irland käme, wäre ich auf der Highgate Secondary School, derselben Schule, die Jimmy besucht hat und die Gregg regelmäßig schwänzt. Ich begreife nicht, warum ich nicht auch dorthin gehen kann. Zugegeben, es ist ein ziemlich hässlicher Kasten und vom Geruch der Brauerei gegenüber wird mir schlecht. Leute mit einer empfindlichen Nase wie ich haben immer Probleme, wenn sie einer Brauerei zu nahe kommen, sagt Mama.

Jimmie hat mir erzählt, dass dich die Lehrer auf der Highgate Secondary School meistens in Ruhe lassen.

Wer keine Lust hat zu lernen, wie Jimmie, oder wer zu blöd ist, wie Gregg, kann sich einfach nach hinten setzen und mit seinem Smartphone spielen oder irgendwie anders die Zeit vertrödeln. Gregg zum Beispiel kann stundenlang auf Amanda Leroys Rücken starren, wenn er es denn mal in die Schule schafft. Er ist in Amanda verknallt, seit ich denken kann, aber wenn er ihr gegenübersteht, bringt er kein Wort heraus. Deswegen ist auf ihren Rücken starren die ideale Lösung für ihn.

Aber Mama hat andere Pläne mit mir. Schau dir deine Brüder an, sagt sie immer. Willst du so werden?

Also geht Mama seit einem Jahr wieder in die Kirche, wie sie es früher in Irland immer getan hat. Jeden Sonntag. Und natürlich schleppt sie mich mit. Sie bringt dem Pfarrer selbst gebackene Kekse mit und fast hätte sie ihm schon mal die Haare geschnitten. Er hat es sich dann anders überlegt. Mir wäre es auch unangenehm gewesen, den Pfarrer in unserer Küche zu sehen. Mit einem Handtuch um die Schultern statt dieses goldenen Umhangs, den er sonst trägt.

Aber ein Jahr in die Kirche gehen reicht nicht, um einen Platz in St. Claudia zu bekommen. Man muss auch getauft sein.

Eine äußerst peinliche Angelegenheit mit elfeinhalb. Aber ich habe mitgemacht, weil es für Mama so wichtig ist, dass ich auf eine anständige Schule gehen kann.

Ich nehme an, am Ende haben die Kekse den Ausschlag gegeben. Bei der Taufe habe ich nämlich erst nur rumgestottert und dann total vergessen, was ich sagen sollte. Auswendiglernen ist nicht mein Ding. Deswegen bewege ich bei den Gottesdiensten auch immer nur die Lippen.

Aber dann kam der Brief von St. Claudia, dass ich angenommen bin, und Mama hat einen Freudensprung gemacht.

St. Claudia war früher mal ein Altersheim, aber irgendwie wohnen wohl zu wenig alte Leute in unserem Viertel und da haben sie eben eine Schule aus dem maroden Backsteingebäude gemacht. Glaube ich wenigstens. Es riecht immer ein bisschen nach Mottenpulver und Lavendelseife. So wie es bei meiner Oma gerochen hat.

Zumindest morgens ist das so, wenn das Gebäude Zeit hatte, sich über Nacht von den Schülern zu erholen. Mittags überwiegt dann der Geruch von Gummisohlen, Schweiß und alten Schulbüchern. Das ist vielleicht nicht so schlimm wie Brauereigeruch, aber ich habe mich immer noch nicht daran gewöhnt.

Gerade noch rechtzeitig schaffe ich es in meine Klasse, allerdings muss ich wegen der Uniform gleich zur Direktorin. Dabei ist es ja nicht so, als wäre ich bauchfrei oder in hohen Schuhen erschienen. Nagellack ist natürlich auch nicht erlaubt.

Meine Schuhsohlen quietschen, während ich über die Gänge laufe, und ich lasse mir viel Zeit. Je mehr ich vom Unterricht verpasse, desto besser.

An den Wänden hängen Bilder, die eine der höheren Klassen gemalt haben muss. Es sind die verschiedensten Stilrichtungen vertreten, aber alle zeigen dasselbe Motiv: Big Ben. Genauer gesagt, den Turm, in dem die Glocke hängt, die Big Ben heißt. Die Glocke hat einen Sprung, hat Papa mir mal erzählt. Deshalb klingt sie ein bisschen schief, aber die Leute mögen sie gerade deshalb.

Die Direktorin ist eine Nonne, aber sie zieht sich normal an. Manchmal trägt sie sogar einen roten Reif in ihren grauen Haaren und ich frage mich, wie das alles mit *»du sollst nicht eitel sein«* und so zusammenpasst. Außerdem benutzt sie Parfüm. Sie denkt vielleicht, es ist dezent, aber ich kann sie schon aus zehn Metern Entfernung riechen.

»Tabby«, fragt sie und seufzt übertrieben laut. »War die richtige Uniform wieder in der Wäsche?«

»Nicht wirklich«, antworte ich und fahre mir mit einer Hand durch meinen Pferdeschwanz. Ich ziehe es vor, Gregg nicht zu erwähnen. Seit er einmal am Schultor versucht hat einem Fünftklässler die Keksschachtel zu klauen, steht er auf der schwarzen Liste. Ich glaube, man darf sogar die Polizei rufen, wenn man ihn draußen rumhängen sieht.

»Ich wollte eigentlich gar nicht mit dir über die Uniform reden. Es gibt einen anderen Grund, warum ich dich hergebeten habe«, sagt Schwester Greta und wiegt ihren Kopf. »Du bist viel schlauer, als du denkst«, sagt sie und lächelt mit ihren glänzenden Lippen, hinter denen strahlend weiße Zähne hervorblitzen. »Deshalb verstehe ich nicht, warum du immer noch in der blauen Gruppe bist.«

Die blaue Gruppe ist eine freundliche Bezeichnung für Schüler mit Lernschwäche. In St. Claudia gibt es keine Aufnahmeprüfung. Man braucht nur die Empfehlung des örtlichen

Priesters, und wenn der sagt, man sei ein guter Christ, bekommt man einen Schulplatz.

Deswegen landen auch ziemlich viele Loser hier. Und die erbärmlichsten von ihnen müssen morgens erst mal zwei Stunden in die blaue Gruppe. So wie ich.

Obwohl es da gar nicht so schlimm ist. Jimmie würde sagen, man wird in Ruhe gelassen. Von den Lehrern sowieso, denn die wissen, dass hier nicht wirklich was zu holen ist. Solange man die Blauen davor bewahrt, dass sie randalieren, ist alles in Ordnung.

Auch die anderen Schüler lassen einen in Ruhe. Diejenigen mit Müttern, die morgens mit dem Auto vorfahren und die sich jedes Mal freiwillig als Begleitperson für Klassenausflüge melden. Die Mädchen mit den gebügelten Uniformen, die gerne Haarspangen mit kleinen Herzen tragen. Wenn man in der blauen Gruppe ist, meiden sie einen wie das letzte vergammelte Käsesandwich in der Schulkantine.

Wenn's nach mir geht, ist das auch gut so. Seit fünf Wochen hänge ich hier rum und habe noch mit keiner von denen geredet.

Das Beste an der blauen Gruppe ist, dass außer mir sowieso keiner unsere Sprache spricht. Viele haben Eltern, die nicht von hier sind, und zu Hause sprechen sie Spanisch, Polnisch, Koreanisch, Somali oder andere komische Sprachen. Der einzige Grund, aus dem es sie in die blaue Gruppe von St. Claudia verschlagen hat, ist Gott. Der richtige Gott natürlich. Eines der polnischen Mädchen hatte neulich ein Kopftuch auf und alle haben sie blöd angestarrt. Aber anscheinend können in Polen auch katholische Mädchen ein Kopftuch tragen.

Schwester Greta sieht mich an, als wäre ich ein neugeborenes Lamm. Zum Glück sitzt sie zu weit weg, um mir über den Kopf zu streicheln, obwohl ihre Arme erstaunlich lang sind. Beim Sprechen schwingt sie damit oft durch die Luft und es sieht so aus, als hätte sie acht davon, wie ein Tintenfisch.

Ich hasse es, wenn mir Leute über den Kopf streichen, was bei rothaarigen Kindern öfter passiert als bei anderen, da bin ich mir sicher. Dazu kommt dann meistens noch ein bedauernder Blick und im Sommer fragen sie: *Hast du auch schön deine Haut eingecremt? Du bekommst sicher schnell Sonnenbrand.*

»Magst du denn keine Bücher?«, fragt Schwester Greta stattdessen.

Jetzt geht das wieder los. Hätte sie mich doch bloß nach der Sonnencreme gefragt. Ich kann lesen. Es dauert nur etwas länger als bei anderen. Hat sogar die Frau von der Schulbehörde gesagt, bei der ich einen Test für *besondere Kinder* machen musste.

Und wenn es bei mir schon so lange dauert, nur eine Seite zu lesen, wie soll ich dann ein ganzes Buch lesen?

»Ich habe hier etwas für dich«, sagt Schwester Greta und dreht sich zu dem völlig überfüllten Bücherregal hinter ihr. Sie greift mit ihren Tintenfisch-Armen in die zweite Reihe von oben. Dabei steht sie nicht mal auf den Zehenspitzen.

Nicht schon wieder, denke ich. Wie viele dieser bescheuerten Hefte für Leseanfänger kann es denn noch geben? Ich habe eindeutig die Schnauze voll von all den öden Bilderbüchern, die ich schon mit vier nicht leiden konnte.

Das Buch, das Schwester Greta auf dem Tisch platziert, ist

monströs und mit Sicherheit kein Bilderbuch. Es hat einen hässlichen braunen Umschlag und zerfledderte Seiten und verströmt einen eigenartigen Geruch, selbst auf die Entfernung. So in etwa wie sonntagmorgens, wenn Jimmie ausnahmsweise bei uns auf der Couch übernachtet hat und ich nichts ahnend die Wohnzimmertür aufmache. Es dauert ewig, den Geruch wieder aus dem Raum zu bekommen.

Der riesige Schinken auf dem Tisch vor mir ist also ziemlich das Letzte, was ich freiwillig in die Hand nehmen würde.

»Vielleicht gibst du diesem Buch mal eine Chance«, sagt Schwester Greta lächelnd. »Ich habe auch nicht gern gelesen, bevor ich das hier in die Finger bekam …«

Ich könnte jetzt antworten, dass ich auch schon mal mehr gelesen habe. Nicht selber natürlich, aber ich habe zugehört. Und ich konnte nicht genug von den Geschichten bekommen, die ich vorgelesen bekam. Aber das war früher und man soll nicht immer an früher denken, meint Jimmie.

Zum Glück fängt das Telefon an zu klingeln. Schwester Greta entlässt mich mit einem Lächeln, bei dem ihre Lippen plötzlich von einem Ohr bis zum anderen reichen. Ich versuche das Buch auf dem Tisch liegen zu lassen, aber sie springt auf und drückt es mir in die Hand. Es ist so schwer wie die Hantel in unserem Wohnzimmer, mit der Gregg versucht seinen Bizeps zu trainieren.

Mit dem Buch in der einen und meinem Rucksack in der anderen Hand bahne ich mir den Weg Richtung Sporthalle.

Es herrscht ständiger Gegenverkehr, die morgendliche Versammlung habe ich zum Glück verpasst. Die normalen Schüler gehen in ihre Klassenzimmer, die auf der anderen Seite der Eingangshalle liegen.

Ein paar von ihnen sehen neugierig auf meine improvisierte Uniform.

Neben der Sporthalle führen ein paar Stufen hinunter in den blauen Salon. So nenne ich das Zimmer, in dem sich die blaue Gruppe morgens trifft, obwohl es weder blau ist, noch im Entferntesten an einen Salon erinnert.

Es hat einen grau-schwarzen Boden mit Kratzern und Kaugummiflecken und es gibt nur ein Fenster, das man nicht aufmachen, sondern nur kippen kann. Man sieht nichts außer ein paar Grashalmen, denn der blaue Salon liegt fast unterirdisch. So riecht es hier auch, selbst im Sommer atmet man nasse Erde und verfaultes Laub ein.

Die meisten meiner Mitschüler sind schon da und ich setze mich auf meinen Platz neben Lina, dem dünnen asiatischen Mädchen, das jeden Tag geringelte Strümpfe unter ihrer Uniform trägt. Ich wüsste gerne mal, was Schwester Greta dazu sagt. Aber für die meisten Mitglieder der blauen Gruppe gelten besondere Regeln.

Im Moment quasseln alle wild durcheinander. Ich könnte schwören, dass die zwanzig Kinder hier mindestens zehn verschiedene Sprachen sprechen. Die Einzigen, die nicht reden, sind Lina und ich. Am Anfang habe ich es ja noch mit *Hallo* probiert, aber sie sieht einfach durch mich durch, starr wie eine Porzellanpuppe. Irgendwie hat sie auch kein Interesse an den anderen Koreanern, die hier rumrennen und sich Worte zurufen, die seltsam und lustig klingen wie *kiuuu* und *aiguu*.

Meistens schiebt Lina das Matheblatt, das wir gemeinsam lösen sollen, in die Mitte und fängt an alle Antworten einzutragen.

Vielleicht ist sie gar kein Mensch, sondern ein Roboter, überlege ich. Einer, der rechnen kann, aber nicht sprechen.

Heute liegt allerdings eine Bildergeschichte vor uns, und wir sollen Fragen dazu beantworten. Ich vermute, dass Lina nur in ihrer eigenen Sprache schreiben kann, und fange an. Es dauert ewig, bis ich etwas geschrieben habe. Lina starrt die ganze Zeit in die Luft. Als würde ihr Roboterhirn jetzt gerade eine Pause machen oder ihre Batterie wäre leer.

Nach zwei Stunden habe ich nicht mehr als vier von zehn Fragen beantwortet. Das Papier ist halb zerfetzt und voll mit Radiergummikrümeln. Schwester Hannah, unsere Aufsicht, ist heute nicht mal bis zu Lina und mir gekommen. Sie hat die meiste Zeit damit verbracht, auf zwei Jungs mit großen schwarzen Augen und langen Wimpern einzureden, von denen der eine die ganze Zeit vor sich hin brabbelt.

Nach der blauen Gruppe gehen wir in unser Klassenzimmer. Religionsunterricht haben wir gemeinsam mit den normalen Kindern. Lina ist in meiner Klasse und auch hier sitzt sie immer neben mir. Obwohl sie nicht redet, mag ich sie. Vielleicht liegt das an ihrem Geruch. Es muss irgendein unbekanntes Gewürz sein, vermischt mit Pfirsich-Shampoo-Duft und einem Hauch von Kokosnuss.

Wenn ich nach rechts sehe, bleibt mein Blick an ihren langen schwarzen Haaren hängen. Sie sind dick und unglaublich glatt, fast könnte man sich darin spiegeln. Ich würde alles dafür geben, glatte Haare zu haben oder wenigstens richtige Locken und nicht diese dünnen Kringel auf meinem Kopf, die einfach machen, was sie wollen, selbst wenn ich versuche sie mit einem Haargummi zu bändigen.

Meistens gehe ich sogar mit Lina zusammen zum Mittagessen. Wie heute. Manchmal frage ich mich, was sie wohl gerade denkt. Oder ob sie überhaupt denkt. Als ich klein war, habe ich mir immer eine Puppe gewünscht, die so aussieht wie Lina. Und weil Lina kein Wort sagt, stelle ich mir einfach vor, dass sie meine Puppe ist.

»Die Farbe steht dir«, sagt Claudio und grinst mich an. »Aber du solltest besser Ringelsocken dazu tragen wie deine Freundin.«

Claudio steht an der Essensausgabe. Er hat schwarze zurückgekämmte Haare und die schönsten Zähne, die man sich vorstellen kann. Ich werde immer ein bisschen rot, wenn er mit mir redet. Irgendwie habe ich das Gefühl, er ist zu mir freundlicher als zu allen anderen.

Ich zeige auf das rot gesprenkelte Couscous-Gericht und er häuft mir eine riesige Portion auf den Teller. Ohne mich zu fragen, stellt er ein Glas mit Schokoladenpudding daneben. Eigentlich mag ich keinen Schokoladenpudding, aber ich traue mich nicht es Claudio zu sagen.

Lina hat sich für Pasta entschieden und Claudio stellt auch auf ihr Tablett Schokoladenpudding, worüber ich etwas enttäuscht bin.

Wir wollen gerade gehen, da ruft Claudio uns hinterher. »He, ihr zwei Hübschen, wartet mal.«

Ich drehe mich um und sehe Claudio mit etwas winken.

»Hier, dann sieht es noch schöner aus«, sagt er. In seiner Hand hält er zwei Papierschirmchen. Er öffnet sie und steckt einen in meinen Pudding, den anderen in Linas.

Hinter uns flüstert jemand und ein Mädchen beginnt zu kichern.

Ich beeile mich wegzukommen.

Wir setzen uns einander gegenüber an einen Zweiertisch. Manchmal ist es ziemlich öde, mit jemandem den Tisch zu teilen, der nur schweigt, aber es ist viel besser, als bei den Mädchen mit den gebügelten Uniformen und den sauberen Fingernägeln zu sitzen.

Bei Lina weiß ich nicht mal, ob sie überhaupt merkt, dass meine Haare schon wieder in alle Richtungen stehen, obwohl ich mir erst vor zwei Stunden einen Pferdeschwanz gemacht habe.

Ich nehme den Schirm aus dem Pudding. Irgendwie ist er größer als ein normales Eisschirmchen. Der Holzstab ist fast so dick wie ein Bleistift und das Papier fühlt sich an wie Pappe. Es glänzt und ist dunkelrot. Wenn man genau hinsieht, kann man darauf Buchstaben und Zahlen erkennen. Irgendetwas ist seltsam an diesem Eisschirm. Ich finde ihn ziemlich hässlich.

»Siehst du es auch?«, fragt auf einmal eine fremde Stimme.

Ich zucke zusammen und sehe mich um, aber vor mir sitzt nur Lina. Sie hält ebenfalls den Schirm in der Hand. Wie Mama, wenn sie mit fast zugekniffenen Augen die gespaltenen Haarspitzen ihrer Kundinnen untersucht, starrt Lina darauf.

Und dann sieht sie zum ersten Mal nicht wie sonst durch mich hindurch, sondern direkt in meine Augen. Ihr Mund bewegt sich. »Kannst du es auch sehen?«, fragt sie etwas lauter und ich lasse vor Schreck meinen Schirm in den Pudding fallen. Es gibt keinen Zweifel: Lina kann sprechen.

Team St. Claudia

»Und, kannst du?«

Sie hat nicht mal einen Akzent. Nur ein winziges Lispeln, so wie Jimmie.

»Kann ich was?«, bringe ich mit kratziger Stimme heraus.

»Kannst du es auch sehen?« Sie hält ihren Schirm in meine Richtung, so dicht unter meine Nase, dass ich mich nach hinten lehnen muss.

Ich begreife nicht, was sie mir zeigen will. Das Einzige, was ich erkenne, sind Zahlen und Buchstaben, wild durcheinander. Totales Chaos.

Lina nimmt ihre Gabel in die Hand, an der rote Pastasauce klebt. Zuerst sieht es so aus, als wollte sie auf den Schirm einstechen, aber sie lässt einen Zinken der Gabel darüber tanzen und buchstabiert:

L-O-N-D-O-N-S Z-I-R-K-E-L 125 T-E-A-M 6

»So, so«, sage ich. »Du kannst also nicht nur sprechen, sondern auch geheime Inschriften entdecken.« Ich ziehe an meinem Haargummi, das ständig nach unten rutscht, und ertaste dabei das dicke Nest, das ich heute Morgen nicht herausgekämmt habe. Das Gummi verfängt sich darin, und es tut höllisch weh, es herauszubekommen.

Während ich versuche mein Haar zu entwirren, sage ich: »Seit ich dich kenne, bist du stumm wie ein Fisch. Und dann fängst du plötzlich an zu reden, nur wegen ein paar bescheuerter Papierschirme?«

Sie reißt ihre Augen auf und ich sehe, dass sie eigentlich ganz schön groß sind. Für eine Japanerin zumindest, oder wo auch immer sie herkommt. »Du hast echt keine Ahnung, oder?«, fragt sie. Sie greift mit ihren dünnen Fingern nach meinem Schirm und inspiziert ihn, wie Gregg das manchmal mit den Regenwürmern macht, bevor er sie mir vor die Nase hält.

»Bei dir steht natürlich dasselbe«, sagt sie nach ein paar Sekunden. »Ehrlich, ich hätte nie gedacht, dass dieses Jahr St. Claudia mitmacht. Wie sie wohl ausgerechnet auf uns gekommen sind? Wir sind ja beide eher – unauffällig.« Sie sieht fast so aus, als hätte sie etwas Lustiges gesagt, aber dann runzelt sie die Stirn. Dabei hält sie in jeder Hand einen Schirm und dreht ihn hin und her.

Papa hat immer gesagt, es ist falsch, Menschen nach ihrem Äußeren zu beurteilen. Bisher kannte ich aber nichts anderes von Lina. Vielleicht ist sie mir deshalb auf einmal völlig fremd. So als würde ich sie gerade zum ersten Mal sehen. Sie hopst fast auf ihrem Stuhl, während sie redet. Sollte sie in den nächsten Minuten auf dem Tisch stehen und anfangen zu tanzen, würde es mich auch nicht wundern. Und als wäre sie gerade drei Runden über den Sportplatz gerannt, ist ihr Gesicht auf einmal rot und glänzend. Dabei ist sie sonst immer ganz blass. Ihre Unterlippe zittert vor Aufregung.

»Mitmacht – wobei?«, frage ich.

»*Londons Zirkel*. Hast du wirklich noch nie davon gehört?«, fragt sie und erinnert mich ein bisschen an Schwester Greta heute Morgen. Dasselbe mitleidige Lächeln. »Es ist ein Wettbewerb. Alle traditionsreichen Schulen Londons nehmen daran teil. Natürlich nur die, die es 1890 schon gab. So lange gibt es den Wettbewerb bereits. Jede Schule stellt zwei Teilnehmer auf, aber sie dürfen sie nicht nominieren. Die Teilnehmer müssen selbst herausfinden, dass sie auserwählt sind.«

Es ist schwierig, ihr zuzuhören, so schnell plappert sie.

»Du glaubst, jemand in St. Claudia hat ausgerechnet uns beide ausgesucht und will, dass wir die Schule in einem Wettbewerb vertreten?«, unterbreche ich sie. »Und deshalb hat Claudio uns diese Schirmchen in den Nachtisch gesteckt?« Dabei drehe ich meinen Kopf in Richtung Theke. Claudio ist nicht mehr da.

»Genau.« Ihre Augen funkeln mich an. Jetzt mache ich mir Sorgen, dass irgendwas in diesem Pudding war. Sie ist nicht mehr zu bremsen. Vielleicht hat sie eine Schokoladenallergie?

»An jeder Schule wird nur eine Person über den Wettbewerb eingeweiht.« Sie schiebt ihr Tablett vorsichtig zur Seite, beugt sich über den Tisch zu mir und legt den Zeigefinger auf ihren Mund. Dabei fallen ihre Haare so weit nach vorne, dass sie meine Arme berühren. Dann flüstert sie: »Meistens ist es der Direktor, der entscheidet. Er muss die Teilnehmer unauffällig informieren. Immer mit einem Rätsel, das die Organisatoren sich ausgedacht haben. Deshalb hat man uns die hier gegeben.« Sie winkt mit den Schirmchen. »Wenn wir die Teilnahme akzeptieren, dürfen wir niemandem davon erzählen. Nicht mal unseren Eltern. Verstehst du?«

Mein Kopf nickt automatisch. So wie er es immer tut, wenn

Gregg irgendeinen Blödsinn erzählt. Immer schön zustimmen und den Mund halten, sonst flippt er aus.

»Es könnte kompliziert werden. Manchmal müssen wir wahrscheinlich die Schule schwänzen oder nachmittags am Wettbewerb teilnehmen. Ein Gewinner vom letzten Jahr wäre beinahe suspendiert worden. Seine Eltern hatten ihm schon Hausarrest verpasst, aber er ist mit einer Leiter entkommen, um die letzte Aufgabe zu lösen. Ich fasse es nicht, dass du nichts davon gehört hast.« Als sie sich aufrichtet, fallen ihre Haare wieder kerzengerade nach unten. Erwartungsvoll sieht sie mich an.

»Mal angenommen«, sage ich und versuche möglichst ruhig zu klingen, »du hast Recht.«

Sie runzelt die Stirn. Ich lächle gequält.

Wie kann ich ihr nur beibringen, dass sie totalen Blödsinn redet?

In den letzten sechs Wochen fanden mindestens drei Schulwettbewerbe statt. Aber weder im Hockey (wo ich eigentlich ganz gut bin) noch im Schach (da kenne ich nicht mal die Regeln), ganz zu schweigen vom Schreibwettbewerb (muss ich dazu überhaupt was sagen?) war mein Name auch nur im Entferntesten im Gespräch.

Lina hat vollkommen ausgeblendet, dass wir nicht umsonst in der blauen Gruppe sind. Wenn es mal darum ginge, die schlechtesten aller Londoner Schüler gegeneinander antreten zu lassen, hätten wir vielleicht eine Chance.

»Wir müssen das Rätsel lösen, aber dazu müssen wir es erst mal finden«, murmelt sie und geht mit ihrer Nase ganz dicht an einen der Papierschirme.

Ich sehe mich vorsichtig um, ob uns jemand beobachtet. Es sieht wirklich zu bescheuert aus, wie sie auf diesen Schirm schielt. Zum Glück zeigt keiner Interesse an uns. Die meisten anderen sind schon wieder verschwunden und haben ihre Tabletts in den Geschirrwagen geschoben.

»Mein Onkel in Hongkong hatte mal eine Fabrik, in der sie solche Schirme produziert haben«, sagt Lina und fängt an die kleinen Holzstäbchen am aufgespannten Schirm abzureißen.

»Hmm«, sage ich und nicke.

»Siehst du das hier?« Sie hält mir eine kleine graue Rolle entgegen, die sie vom Stab des Schirms abgezogen hat.

»Du hast ihn kaputt gemacht«, stelle ich fest.

»Das hier«, sagt sie, »macht man aus alten Zeitungspapierstreifen. Als kleines Mädchen habe ich die immer aufgerollt, weil ich dachte, es stünden geheime Botschaften darauf.« Sie fummelt mit ihren Händen an der Rolle herum, die nicht größer ist als ein Fingernagel.

»Ha«, ruft sie aus, als sie es geschafft hat und die Rolle zu einem langen Papierstreifen auseinanderzieht. Erst sehe ich nur lauter kleine Kleckse, aber dann dreht Lina den Streifen um.

16:30 Uhr, wo ein Bierbrauer Kindern im blauen Mantel eine Chance gab. Pünktlichkeit ist das oberste Gebot.

Inzwischen sind wir die Einzigen in der Kantine. Claudio steht an der Tür und winkt uns zu. Er rasselt mit einem Schlüsselbund. Lina setzt ihren Rucksack auf und hält die Überreste der Schirme fest in der Hand.

Als ich zu Claudio rennen will, rutsche ich fast auf einem Stück Brokkoli aus, das am Boden klebt.

»Schön langsam«, ruft er mir zu. Sein weißes Hemd ist vollgespritzt mit Pastasoße. Er schiebt immer seine Ärmel nach oben, so dass jeder seine braun gebrannten Unterarme sehen kann.

Nach Luft hechelnd stehe ich endlich vor ihm. »Warum hast du uns die Schirme gegeben?«, frage ich.

Er kratzt sich übertrieben lange am Kopf. »Welche Schirme?«, fragt er und legt seinen Kopf nach hinten, wodurch sein Hals auf einmal ziemlich dick aussieht. Genau in diesem Moment huscht Lina hinter ihm durch die Tür.

»He, warte«, rufe ich ihr zu. »Du weißt schon«, sage ich schnell zu Claudio. »Die Papierschirmchen. Du hast sie vorhin in unseren Pudding gesteckt.«

»Ich kann mich nicht erinnern«, sagt er und rasselt wieder mit dem Schlüsselbund. »Aber gut, dass deine Freundin jetzt spricht. Ich habe euch vorhin beobachtet.« Ich fühle seine Hand auf meinem Rücken und mit einem kräftigen Schubs befördert er mich nach draußen. So schnell, dass ich nichts mehr sagen kann. Ich höre nur noch, wie der Schlüssel sich dreht und Claudio lacht.

»Komm schon«, zischt es hinter mir. Als ich mich umdrehe, steht Lina vor mir. Kerzengerade. Trotzdem reicht sie mir grade mal bis zum Kinn.

»Er tut so, als könne er sich nicht an die Schirme erinnern«, erkläre ich.

»Was dachtest du denn?«, fragt Lina. »Ich hab dir doch gesagt, du sollst mit niemandem darüber reden. Wenn das so weitergeht, sind wir disqualifiziert, bevor der Wettbewerb überhaupt angefangen hat.« Sie tänzelt von einem Fuß auf den anderen. Wie ein Boxer, wenn er in den Ring steigt. Ein ziemlich zerbrechlicher Boxer, den der kleinste Windhauch umwehen könnte.

»Wir müssen uns beeilen. Der Computerraum macht in zwanzig Minuten dicht.«

»Und was sollen wir da?«, frage ich, aber ihre knochige Hand reißt an meiner Strickjacke und zieht mich nach vorne.

»Na, googeln natürlich: *Bierbrauer, Kinder, blauer Mantel, Chance,* zum Beispiel. Da finden wir sicher was. Nach der Schule können wir dann sofort los. Wann musst du zu Hause sein?«

Ich zucke mit den Schultern und schaue nach oben in den dunkelgrauen Himmel. Ein paar dünne Regentropfen fallen auf mein Gesicht. »Meine Mutter kommt montags erst spät nach Hause«, sage ich schließlich.

Ich habe keine Lust zu erklären, warum. Sie sagt, sie muss sich ausruhen nach dem Broteschmieren und Haareschneiden und was sie sonst noch so macht.

»Sehr gut!« Lina zupft sich den Pony zurecht. »Dann wird ihr nicht auffallen, dass du heute Nachmittag etwas später nach Hause kommst.«

Mit ihren Fingern hackt Lina in rasender Geschwindigkeit auf die Tastatur ein und hat sofort gefunden, was sie sucht.

»Die Blaumantel-Schule«, liest sie vor, »gegründet 1709 vom Brauer William Green, der armen Kindern eine Ausbildung ermöglichen wollte.«

»Passt ja«, murmele ich und versuche den Dreck unter meinen Fingernägeln zu beseitigen.

»Und es ist gar nicht so weit weg. Bis St. James's Park mit der U-Bahn, dann sind wir schon fast da.« Sie rutscht aufgeregt auf ihrem Stuhl hin und her. Irgendwie steckt sie mich ein bisschen an mit ihrer Vorfreude. Nicht, dass ich inzwischen an diesen Quatsch von *Londons Zirkel* glauben würde.

Claudio hat die Schirme bestimmt irgendwo auf der Straße gefunden, oder das Kantinenessen sollte eigentlich an eine andere Schule gehen. Je mehr ich darüber nachdenke, desto sicherer bin ich mir. Es handelt sich um eine Verwechslung.

»Und, bist du dabei?«, fragt Lina mich und sie lacht so breit, dass Grübchen groß wie Maiskörner rechts und links von ihrem Mund entstehen.

»Hab sowieso nichts Besseres vor«, sage ich. Nicht, dass sie denkt, ich wäre aufgeregt.

Den Rest des Tages verbringen wir im regulären Unterricht. Lina ist wieder stumm wie ein Fisch und ich starre in meine Bücher, meistens auf die Bilder, denn es dauert zu lange, den Text zu lesen. Religion, Geschichte und Kunst, die Stunden gehen vorbei, ohne dass etwas Besonderes passiert.

Um halb vier stehen wir schließlich draußen vor dem Schultor. Es hat immer noch nicht aufgehört zu regnen. Mir macht der Regen nichts aus. Er löscht die anderen Gerüche aus, vor allem den Staub und die Abgase, und beim Einatmen stelle ich mir vor, ich bin an einem See.

»Hast du deine U-Bahn-Karte dabei?«, fragt Lina und hält mir einen Kaugummi entgegen.

Jimmie hat eine U-Bahn-Karte. Die Sorte, die man immer wieder mit Geld aufladen kann und die man dann an die kleine Scheibe am Eingang hält, um zu den U-Bahn-Gleisen zu kommen. Gregg hat auch eine, aber kein Geld, um sie aufzuladen. Ich habe keine. Mama hat mir verboten alleine U-Bahn zu fahren. Sie hat aber nichts davon gesagt, ob ich in Begleitung einer kleinen, stupsnäsigen Asiatin mit Ringelsocken fahren darf, die daran glaubt, sie und ich wären auserwählt, an einem Wettbewerb für schlaue Schüler teilzunehmen.

»Dann müssen wir eine kaufen«, stellt Lina fest, als ich den Kopf schüttele.

Während wir um die Pfützen herumlaufen, überlege ich, wie ich Lina beibringen soll, dass ich kein Geld habe. Es ist Mitte des Monats. Mein Taschengeld ist ausgegeben. Hauptsächlich für Snickers und Chips. Ich könnte Lina erklären, dass ich nach der Schule meistens einen Riesenhunger habe. Gregg ist in der Regel vor mir zu Hause. Dann isst er alles, was er finden kann. Manchmal durchsucht er sogar meine Taschen, wenn ich heimkomme. Deshalb esse ich immer schon an der Tankstelle. Was in meinem Bauch ist, kann Gregg nicht anfassen. Es wäre ziemlich kompliziert, Lina das alles zu erzählen. Wir kennen uns ja auch noch nicht wirklich gut. Also schweige ich und warte ab.

Sie geht zum Eingang des Zeitschriftenladens an der Ecke und zieht die Tür auf. Es scheint sie jede Menge Kraft zu kosten, so sehr lehnt sie sich dabei nach hinten. Ich halte etwas Abstand zu ihr und überlege, was als Nächstes passieren wird. Aber da hat sie schon einen zerknitterten Zehn-Pfund-Schein aus der Tasche gezogen und reicht ihn über den Tresen.

Als sie mir die blaue Plastikkarte entgegenhält, schimmern in ihren Augen die Sonnenstrahlen, die ganz kurz vom Himmel scheinen, bevor die grauen Wolken sie wieder verdecken. »Dann kann es ja losgehen«, sagt Lina.

Wir fahren zu St. James's Park. Die Station liegt auf der District Line. Wir gehen an der großen U-Bahn-Karte vorbei, die aussieht, als hätte jemand ein Insekt gemalt. Mit geraden Linien und bunten Farben. Zig verschieden lange Arme und Beine, der Kopf ein Viereck, der Körper ein Rechteck und darunter eine breite blaue Zickzacklinie, der Fluss, die Themse.

Früher bin ich öfter U-Bahn gefahren. Wenn wir Oma besucht haben. Sie hat auf der blauen Linie gewohnt, die wie ein Fühler vom Insektenkopf absteht.

Als ich noch ganz klein war, hat Jimmie mir die Namen der Stationen vorgelesen. In St. James's Park sind wir aber nie ausgestiegen.

Es klingt schön. Nach einer großen grünen Wiese, auf der man ein Picknick machen oder einen Drachen steigen lassen kann. Ich weiß, dass die Station nicht weit entfernt ist von Buckingham Palace.

Lina sagt die ganze Fahrt über kein Wort. Ich fürchte schon, sie hat ihre Stimme wieder verloren, aber da höre ich auf einmal ein leises Summen aus ihrer Richtung.

Erst versuche ich es zu ignorieren, aber dann hat es auch der Mann mit der Glatze, der uns gegenübersitzt, gehört. Er lächelt.

»Von Buckingham Palace gibt es einen geheimen Tunnel,

der zu den Houses of Parliament führt«, sage ich und verschlucke mich gleich danach. Ich weiß gar nicht genau, warum ich das jetzt gesagt habe. Es klingt total dämlich, als wollte ich mit meinem Wissen angeben. Aber Lina hört sofort auf zu singen und sieht mich begeistert an. »Cool«, sagt sie. Und etwas später: »Woher weißt du das?«

»Mein Vater hat es mir mal erzählt. So eine Geschichte, die aber wahr ist. Die Queen Mum hat mal den Tunnel besichtigt, dabei hat sie einen Mann da unten getroffen. Sie haben sich freundlich unterhalten und dann ist sie wieder nach oben gegangen.«

»Toll«, sagt Lina. »Ich wünschte, es gäbe einen geheimen Tunnel von St. Claudia bis zum Zoo in Regent's Park.«

Ich habe keine Ahnung, wovon sie redet, aber wir haben St. James's Park erreicht und müssen aussteigen.

Wir haben Mühe, uns durch die vielen Menschen auf dem Bahnsteig zu zwängen. Vom Geruch nach nassen Jacken, Rasierwasser und Tunnelluft wird mir schwindlig. Schwer vorzustellen, dass alle Leute hier sind, um im Park ein Picknick zu machen.

Als wir endlich den Ausgang erreichen, ist es fast dunkel. Und diesmal nicht wegen des schlechten Wetters, sondern weil ein riesiges Gebäude den Blick auf den Himmel versperrt. *Justizministerium* entziffere ich die Schrift über dem Eingang. Rechts und links ragen andere Bürogebäude in die Luft. Vom Park und einer Picknick-Wiese keine Spur.

»Los jetzt«, treibt Lina mich an. »Wir haben nur noch eine halbe Stunde Zeit.«

Sie geht vor mir her, als sei sie die Straßen schon tausendmal entlanggelaufen. Ihr Rucksack wippt auf und ab, weil sie nicht läuft, sondern fast schon hüpft. Ab und zu weicht sie den Pfützen aus, springt nach links oder rechts, um wieder in ihren Federschritt zu verfallen.

Wir sind kaum fünf Minuten unterwegs, als Lina auf ein Gebäude aus roten und grauen Backsteinen zeigt. Es sieht klein und mickrig aus zwischen den riesigen Bürotürmen. Das Schönste daran, finde ich, sind die großen weißen Fenster, die in zig kleine Quadrate aufgeteilt sind. Sechs mal drei: Achtzehn Quadrate rechne ich aus.

Jetzt stehen wir vor dem Eingang, über dem auf einer weißen Steinplatte *Blaumantel-Schule, gegründet 1709* steht.

»Sieht komisch aus«, sagt Lina und zeigt auf die Figur über der Steinplatte. Eine Statue, ungefähr so groß wie die halbe Tür. Sie stellt einen Jungen dar. Er sieht blass aus und hat gewellte, braune Haare. Sein Mantel ist tatsächlich blau, mit goldenen Knöpfen, und er trägt dunkelgelbe Kniestrümpfe.

»Damals waren die Schuluniformen noch dämlicher«, kichert Lina. »Und mit den Ringelstrümpfen wärst du garantiert nicht durchgekommen«, sage ich. »Wieso darfst du die eigentlich tragen?«

Sie antwortet nicht. »Komm«, ruft sie stattdessen. »Besser, wir sehen uns noch etwas um, bevor wir reingehen. Wer weiß, was für Fragen wir da drin beantworten müssen.« Schon ist sie um die Ecke verschwunden.

Ich habe Lina immer noch nicht gefragt, worum es bei dem Wettbewerb eigentlich geht. Wahrscheinlich sollte man sich mit Geschichte auskennen. Wenn ich von etwas keine Ahnung habe, dann ist es Geschichte. Und Geografie. Und Biologie.

Und, wenn ich es mir recht überlege, jede Menge andere Fächer. Ich sehe noch einmal auf die Statue und muss lachen.

»He«, rufe ich und renne Lina hinterher. »Ich weiß jetzt, warum die uns ausgesucht haben. Der Junge hat einen blauen Mantel an, und wir sind in der blauen Gruppe.«

Ich laufe und schüttele mich vor Lachen und dabei übersehe ich den Mann. Eigentlich ist er schwer zu übersehen mit seiner gelben Sicherheitsweste und dem weißen Helm. Aber es ist zu spät. Ich renne voll Stoff in seine Schubkarre und mit lautem Getöse rollen lauter kleine Stangen über den Bürgersteig in Richtung Straße.

Der Mann stößt einen lauten Schrei aus.

Unerwartete Hilfe

Lina sieht mich fassungslos an, aber sie sagt nichts. Das übernimmt der Mann. Auf seiner Stirn stehen dicke Schweißtropfen. Ein paar beginnen in kleinen Bahnen an seinen Schläfen herunterzulaufen. Es sieht fast wie Tränen aus.

»Verflucht noch mal. Hast du keine Augen im Kopf? Es hat mich eine halbe Stunde gekostet, das alles zu laden.«

»Entschuldigung«, stammele ich und trete ein paar Schritte zurück.

Aus dem Augenwinkel sehe ich Lina lossprinten. Mit langen Schritten, die nicht zu ihren kurzen Beinen passen, rennt sie zum Rand des Bürgersteigs und packt eine der Stangen, bevor sie auf die Straße rollen kann. Aber in diesem Moment rollen zwei weitere Stangen auf die Straße zu. Und dann werden es noch mehr und auf einmal habe ich das Gefühl, alles kullert in Richtung Straße, auf der die schweren Lastwagen, Taxis und Autos im Kreis um den Platz kurven.

Ich springe nach links und nach rechts und versuche die Stangen aufzuhalten. Lina macht dasselbe. Und sogar der Mann mit der Schubkarre rennt von einer Seite auf die andere, um seine Ladung zu retten.

Als wir alle Stangen an einen sicheren Platz auf dem kleinen

Stück Erde neben einem Baum gerettet haben, helfen wir dem Mann, sie wieder in die Schubkarre zu schichten. Lina ist am geschicktesten. Irgendwie schafft sie es, alles so anzuordnen, dass nichts mehr herunterfallen kann.

»Es tut mir wirklich leid …«, fange ich an, aber der Mann unterbricht mich. Er nimmt den Helm ab und ein paar schwarze Haare ragen von dort in alle Richtungen. »Kein Thema. Die hätte ich besser vorher festbinden sollen. So wäre das früher oder später doch passiert.« Nachdem er seine Hand an der Hose abgewischt hat, streckt er sie mir entgegen.

»Ich bin Ray.«

Ich schüttele seine Hand und er kann wirklich fest zudrücken. »Mein Name ist Tabby. Und das ist Lina.« Sie sagt immer noch nichts und verzieht auch keine Miene.

»Wollt ihr da drüben hin?« Er zeigt auf ein braunes Bürogebäude auf der anderen Seite der Straße. Über dem Eingang flattert eine weiße Flagge mit einem rot-blauen Kreis.

»Nee«, sage ich. »Wieso?«

»Na ja«, er sieht Lina prüfend an. »Das ist die koreanische Botschaft. Da findet heute ein Fest statt und ich soll diese Dinger abliefern. Konnte nur keinen vernünftigen Parkplatz finden. Es war alles wie verhext, den ganzen Tag schon.« Er streicht sich die Tropfen von der Stirn. »Erst ist der Laster nicht angesprungen. Okay, er ist alt, aber letzte Woche habe ich ihn aus der Werkstatt geholt. Dann hat das Pflegeheim angerufen. Mein Vater will nichts essen, seit vorgestern nicht. Und danach musste ich für einen Kollegen einspringen, wegen der Dinger hier. Den Rest habt ihr ja mitbekommen.«

Ich finde, es gibt nichts Schlimmeres als Erwachsene die total verzweifelt klingen. Und das ist hier der Fall. Lina hat es auch bemerkt. Sie schielt noch mal kurz auf die Uhr, sieht zur koreanischen Botschaft gegenüber und dann zu mir.

Wir halten die Autos gemeinsam an. Es ist gar nicht so schwer, denn ein Taxifahrer legt eine Vollbremsung hin und hupt wie ein Bekloppter, als ich den ersten Schritt auf die Straße mache. Dadurch halten auch die anderen Autos an.

Also kann Ray in aller Ruhe seine Schubkarre über die Straße schieben, als läge ein Baby drin.

Dann stehen wir vor der Glastür und Ray sieht wieder ganz entspannt aus. Er lächelt sogar. Ich hebe die Hand zum Abschied, aber Ray sagt: »Könntet ihr bitte?«

Lina hat die Tür schon aufgedrückt und Ray schiebt sich an ihr vorbei, als uns ein Mann in Uniform den Weg verstellt.

Er bellt Lina an. Ich meine, was er sagt, klingt irgendwie wie Bellen. Ich verstehe jedenfalls kein Wort. Ich bin mir ziemlich sicher, dass es Koreanisch ist. So viel zumindest habe ich in der blauen Gruppe gelernt.

Lina zuckt nur mit den Schultern und schüttelt den Kopf.

»Sie spricht nicht«, versuche ich zu erklären.

»So«, sagt der Koreaner und zieht das Wort in die Länge. »Ihr seid wirklich spät. Die Feier fängt in einer halben Stunde an.«

»Welche Feier?«, fragt Lina. Ray und der Koreaner sehen sie erstaunt an.

»Manchmal spricht sie eben doch«, erkläre ich.

»Nationalfeiertag. Wir haben ein Fest und das hier sind Yut-Stäbe, mit denen man ein Spiel spielen kann. Soll ich es euch zeigen?«, fragt der Mann in der Uniform.

Lina zieht an meinem Ärmel. »Wir müssen jetzt gehen, sonst kommen wir nämlich wirklich zu spät.«

»Wohin?«, fragt Ray.

Ich zeige aus der Tür auf das Backsteingebäude gegenüber. »Blaumantel-Schule.«

»Ah«, sagt der Koreaner. »Ich mag den kleinen Jungen. Wisst ihr, warum er gelbe Strümpfe trägt?«

Lina und ich schütteln die Köpfe.

»Man dachte damals, die Ratten mögen die Farbe nicht. Früher, als sie die Schule gebaut haben, besaßen die Ratten nämlich noch die Vorherrschaft. Und sie bissen Kinder gerne in die Waden.« Der Koreaner schüttelt sich vor Lachen. Auch Ray stimmt ein. Ich verstehe nicht, was an der Rattengeschichte so lustig sein soll.

»Also dann«, sage ich zu Ray. »Ich hoffe, der Rest des Tages läuft besser für Sie. Auch mit Ihrem Vater und so.«

Ray streckt seine Hand aus und diesmal weiß ich, wie fest er zudrücken kann. Ich beiße die Zähne zusammen und versuche zu entziffern, was auf seinen Oberarm tätowiert ist. Irgendwas mit *LOVE*.

»Ich fühle mich schon viel besser. Ihr habt mir wirklich geholfen, wer hätte gedacht, dass ich heute die Bekanntschaft von so hilfsbereiten Mädchen mache.«

In seinen Augen glänzt es verräterisch. Zeit zu gehen.

Wieder schlängeln Lina und ich uns durch die Autos, die sich jetzt auf der Straße stauen, und stehen endlich vor unserem Ziel.

Lina sieht auf ihr Handgelenk und schreit kurz auf. Dann hält sie mir ihre Uhr hin: halb fünf.

Es bleibt keine Zeit mehr nachzudenken. Wir stürzen die wenigen Treppenstufen nach oben und drücken gemeinsam die Tür auf. Mein Haar hat sich in Linas Jackenknopf verfangen und ich schreie vor Schmerz, als sie vor mir in die Halle stürzt. Sie hat mir bestimmt ein Büschel Haare ausgerissen.

Erst jetzt sehe ich in den riesigen offenen Raum. Es ist totenstill. Jede Menge Gesichter starren uns an. Paarweise befinden sie sich vor uns, die anderen Teilnehmer von *Londons Zirkel*. Die meisten sind Jungs. Sie tragen Anzüge mit den Wappen ihrer Schulen. Nicht, dass ich irgendeines davon erkennen würde. Direkt vor mir steht ein Junge mit einer viel zu großen blau-grau gestreiften Krawatte. Er mustert mich, als hätte er gerade im Zoo ein besonders hässliches Affenexemplar entdeckt. Aber dann findet er etwas Interessanteres als mich: Linas Strümpfe.

Jetzt merke ich, dass er nicht der Einzige ist, der starrt. Auf St. Claudia gehen die Ringelsocken vielleicht noch durch, aber nicht auf den Schulen der anderen Teilnehmer von *Londons Zirkel*. Da handelt man sich schon mit der falschen Haargummifarbe einen Verweis ein.

Und plötzlich fangen alle an zu tuscheln. Ein Geräusch, das ich mehr hasse als alles andere. Man kann es nicht abstellen und man kann auch nichts erwidern.

Zum Glück unterbricht ein Räuspern das Getuschel und ruckartig gehen alle Köpfe nach vorne. Dort befindet sich eine niedrige Bühne, auf der ein Pult aufgebaut ist. Und an das Pult gelehnt steht ein ziemlich breiter Mann. Er hat nur wenige graue Haare, die er sorgfältig über die kahlen Stellen auf seinem Kopf gekämmt hat.

»Womit wir vollzählig sind«, sagt er und deutet in unsere Richtung. »Von welcher Schule kommt ihr denn?«, fragt er, als würde er die Antwort längst kennen. Sein Finger ist auf Lina gerichtet.

Und obwohl das Ganze hier ihre Idee ist und es angeblich für sie so wichtig ist mitzumachen, sagt sie kein Wort. Also muss ich antworten. »St. Claudia«, meine Stimme klingt hohl und zittert ein bisschen.

»Ah«, sagt der Mann und schiebt seine Brille etwas nach unten, um darüber hinwegzuschauen.

Im Saal bricht erneut Getuschel aus und mir wird klar, dass keiner der anderen Teilnehmer jemals von St. Claudia gehört hat. Warum auch? Nach allem, was Lina erzählt hat, kommen die Teilnehmer von Eliteschulen, für die sie zig Aufnahmeprüfungen durchlaufen mussten. Was interessieren sie da andere Schulen?

»Jedes Jahr wird eine Schule ausgewählt, die bisher noch nicht zu *Londons Zirkel* gehört. Sollten die Kinder aus dieser Schule gewinnen, wird die Schule für immer in den Kreis aufgenommen.« Der Mann vorne lächelt in meine Richtung und ich glaube, dass er mir mit einem Auge zublinzelt.

»Ist nur noch nie vorgekommen«, flüstert der Krawatten-Junge vor mir gerade so laut, dass ich es hören kann.

»Hiermit erkläre ich *Londons Zirkel*, Jahr 125, für eröffnet«, sagt der Mann. »Mrs Dorsett ist hier, um die Regeln zu erläutern. Für alle, die sie noch nicht kennen.«

Keiner rührt sich, auch ich nicht, denn die Frau, die aufs Podium tritt, sieht so aus, als würde sie keine Geräusche dulden, wenn sie spricht. Mit ihrem langen schwarzen Rock und den nach hinten gesteckten Haaren, könnte man glauben, sie käme aus einem anderen Jahrhundert. Einer Zeit, in der man Kinder mit dem Rohrstock verdrosch, wenn sie frech waren oder eine falsche Antwort gaben. Aus einer Zeit, in der es Ratten gab, die Kindern in die Waden bissen.

Ich möchte nicht in Linas Haut stecken, denn die kleinen stechenden Augen von Mrs Dorsett fixieren die Ringelstrümpfe. Ich halte den Atem an, aber zum Glück sieht Mrs Dorsett gleich wieder in die Menge. Obwohl sie viel zu weit weg steht, kommt es mir vor, als könnte ich Waschpulver und Salmiak riechen, ein Geruch, der gut zu ihr passen würde.

»Regel Nummer eins«, beginnt Mrs Dorsett und ich versuche automatisch etwas aufrechter zu stehen, »wer zu spät kommt, wird disqualifiziert.«

Ein Mädchen mit vorstehenden Zähnen und einem silbernen Brillengestell dreht den Kopf zu mir. Sie sieht aus wie eines der grauen Eichhörnchen, die manchmal den Touristen im Hyde Park in die Finger beißen.

»Regel Nummer zwei: Das Team, das die wenigsten Fragen richtig beantworten kann, scheidet aus. Regel Nummer drei: Wer sich unerlaubter Hilfsmittel bedient, dazu gehören selbstverständlich Smartphones, Wörterbücher und Spickzettel, scheidet aus.«

Sie atmet tief ein, als würde es sie unglaublich anstrengen, uns mit all den Regeln vertraut zu machen. »Eure Teilnahme an diesem Wettbewerb ist vertraulich. Ihr dürft nicht mit euren Eltern, Lehrern oder Geschwistern darüber reden. Erst wenn die Teilnehmer des Finales ermittelt sind, wird euch das gestattet. Wer dagegen verstößt, scheidet aus.«

Für einen Moment glaube ich, dass Ausscheiden das Schlimmste ist, was mir in meinem Leben passieren kann. Dann fällt mir ein, dass ich nur Lina zuliebe hier bin.

Der breite Mann tritt jetzt neben Mrs Dorsett und drückt ihr einen Stapel mit Papieren in die Hand.

»Das hier«, sagt Mrs Dorsett und macht mit der rechten Hand eine ausladende Bewegung, »ist die erste Phase. Es gibt insgesamt vier davon. Das Team, das bei unserem Test heute am schlechtesten abschneidet«, sie wedelt mit den Zetteln in ihrer Hand, »scheidet aus.«

Sie will loslegen und die Zettel verteilen, aber der Mann hält sie zurück.

»Einen Moment noch, bitte.« Er zögert etwas, dann sieht er in meine Richtung. »Es geht hier nicht um Wissen. Jedenfalls nicht ausschließlich. Es geht darum, seine Umgebung wahrzunehmen. Das, was früher an einem Ort passierte, und das, was jetzt dort passiert. Im Laufe der Jahrzehnte hat *Londons Zirkel* die Brillanz vieler Schülerinnen und Schüler ans Licht der Öffentlichkeit gebracht. Und immer haben diejenigen gewonnen, denen es um das Begreifen ging, nicht ums Auswendiglernen.«

Wahrscheinlich bin ich die Einzige im Raum, mit Ausnahme von Mrs Dorsett, die nicht nickt. Ich habe keine Ahnung, wovon der Mann redet. Außerdem steigt mir gerade der beißende Geruch von Möbelpolitur in die Nase. Ich rücke ein Stück näher an Lina heran.

»Ihr habt dreißig Minuten, euch umzusehen. Danach wird es Zeit für den ersten Test. Ich wünsche euch viel Erfolg.« Er sieht nach vorne und seine grünen Augen erinnern mich an ein Bild von einem Bergsee, das Papa mir einmal gezeigt hat.

Lina zupft an meinem Kleid. »Los, beeil dich. Die anderen haben schon angefangen.«

Es wäre schön, wenn mir einer erklären würde, womit. Der Raum ist karg und leer, bis auf das Podium und ein paar weiße Säulen. Und natürlich die Streber von den Eliteschulen, die anfangen alle Kacheln auf dem Boden zu zählen und kleine Skizzen von den Säulen machen.

»Also«, flüstert Lina. »Ich habe vorher schon alles gelesen, was es über die Schule zu wissen gibt. Sie wurde vom Brauer William Green gegründet, um armen Kindern – natürlich alles Jungs – eine Ausbildung zu ermöglichen …« Sie sieht mich schief an. »Solltest du dir nicht ein paar Notizen machen?«, fragt sie und zeigt auf den Block, den mir gerade ein älterer Junge mit lockigen schwarzen Haaren in die Hand gedrückt hat.

»Nee«, sage ich. »Du weißt schon alles und wir sind schließlich ein Team, oder?«

Daran, wie sie die Nase hochzieht, sehe ich, dass sie erstaunt ist. Auf einmal rempelt mich jemand von hinten an. Es ist ein Junge mit blondem Pagenschnitt und einem grünen Blazer. Das Wappen darauf ist groß wie ein Unterteller, und obwohl ich etwas länger brauche, kann ich *Padlington Hall* darauf entziffern.

»Pass doch auf«, schnauzt er mich an, als wäre ich gegen ihn gelaufen und nicht umgekehrt.

Das Mädchen neben ihm, deren grüner Blazer ihr fast bis zu den Knien reicht, will ihn wegziehen. »Lass doch«, murmelt sie.

Der Blonde schaut mich für einen Moment so an, als wolle

er mich wegschubsen, überlegt es sich dann aber anders. »Du hast Recht. Heute ist sowieso das letzte Mal, dass wir die zwei sehen. Ein Team muss ja ausscheiden. Genießt es, solange ihr könnt.« Er lacht laut und dumpf und läuft an uns vorbei.

Ich merke, dass mein Gesicht rot anläuft.

Jemand legt seine Hand auf meine Schulter. »Wir haben uns noch nicht vorgestellt«, sagt der Mann mit den grünen Augen. »Ihr wart vorhin ja – wie soll ich sagen – genau pünktlich.« Er lächelt und streckt mir seine Hand entgegen. »Mein Name ist Joseph Moore und ich habe dieses Jahr zum zehnten Mal die Ehre, den Wettbewerb zu leiten.«

Lina macht keine Anstalten, den Mund aufzumachen, stattdessen kritzelt sie auf ihrem Block herum. »Ich bin Tabby«, sage ich schließlich. »Das hier ist Lina, sie redet nicht besonders viel.«

Mr Moore dreht sich in Linas Richtung. Jetzt schaut sie wenigstens kurz auf. »Interessant«, murmelt Mr Moore. »Ich hoffe, ihr zwei lasst euch nicht einschüchtern von so viel Eifer«, er sieht in den Raum. »Es ist ja so, dass man am Anfang die Dinge nur von außen sieht. Was meint ihr?«

Ich weiß nicht, was er damit sagen will, aber Lina nickt, also nicke ich auch.

»Und manchmal«, sagt Mr Moore und seine Augen blicken ins Leere, »ist es nicht das Schlechteste, die Dinge von außen zu betrachten. Vorerst, zumindest.« Dann geht er einfach, ohne uns noch einmal anzusehen, in Richtung Podium, wo Mrs Dorsett Zettel sortiert.

»Was für ein komischer Typ«, sage ich mehr zu mir selbst als zu Lina.

»Los«, sagt sie plötzlich und geht zur Tür.

»Was hast du vor?«, frage ich, als ich ihr hinterherstolpere.

»Die Dinge von außen betrachten, natürlich.«

Draußen beginnt sie eine Skizze der Schule zu machen. Mit wenigen Strichen hat sie ein Haus gezeichnet, das dem Gebäude nicht unähnlich sieht. Dann malt sie die Statue, den Jungen im blauen Mantel mit den gelben Socken.

»Meinst du«, frage ich sie, »dass sie unsere blaue Gruppe in der Schule nach der Blaumantel-Schule benannt haben? Wir, die armen Kinder, die auch etwas lernen dürfen.« Ich lache.

»Ich bin nicht arm«, sagt sie und hört kurz auf zu zeichnen. »Meine Eltern verdienen genug Geld, sie geben mir nur nichts davon ab.«

»Wie meinst du das?«, frage ich.

Sie blickt in den Himmel und blinzelt ein wenig, dann tippt sie mit ihrer Fußspitze kleine Kreise auf den Boden. »Also, wenn ich ein Kind hätte, und das Kind hätte einen großen Wunsch. Einen vernünftigen Wunsch, meine ich. Kein Gokart oder eine Hüpfburg oder eine Konsole ... Also, wenn mein Kind etwas unbedingt wollte, und ich könnte ihm Geld dafür geben, dann würde ich das machen.«

»Klar«, sage ich. »Kommt nur darauf an, ob es wirklich ein vernünftiger Wunsch ist. Ein Klavier oder so, vielleicht ...«

Jimmie hat sich mal neue Fußballschuhe gewünscht. Ein superteures Modell, genau das, was sein Lieblingsspieler von Arsenal trug. Ich weiß, dass Mama Geld dafür gespart hatte. Sie wollte ihm die Schuhe zu Weihnachten schenken, das hatte sie mir verraten, aber zu Jimmie hat sie immer Nein gesagt.

Ein paar Wochen vor Weihnachten kam Jimmie dann mit den Schuhen nach Hause. Er hat gesagt, ein Freund hätte sie ihm geschenkt. Was natürlich nicht stimmte. Sie waren geklaut. Mama ist ausgeflippt. Damit der Ladenbesitzer keine Anzeige erstattet, musste Mama die Schuhe bezahlen. Sie hat sie danach genommen und auf den Müllwagen geschmissen, der gerade vorbeifuhr.

Bevor Lina etwas sagen kann, geht die Tür auf und der blonde Junge stolziert nach draußen. Seine Partnerin läuft hinterher und fällt fast die Treppe hinunter, weil sie sich die ganze Zeit Notizen macht.

»Ihr seid ja noch hier«, sagt er. »Und ich dachte schon, ihr hättet euch vernünftigerweise auf den Nachhauseweg gemacht.« Der Wind pustet seine perfekt geschnittenen Haare durcheinander. Er streicht sie energisch wieder zurück in die richtige Form.

Wir beachten ihn nicht weiter und gehen zur Rückseite des Hauses. Mit winzigen Strichen zeichnet Lina die Plakette, die dort angebracht ist.

Ich lehne mich in der Zwischenzeit an einen Baum, der ein paar Meter entfernt an dem kleinen Platz steht. Der Baum ist ziemlich groß, und ich frage mich, ob er schon hier war, als die Blaumantel-Kinder in die Schule gegangen sind.

Die Straße war sicher nicht da, jedenfalls war sie bestimmt nicht so breit und statt Autos sind dort Pferdekutschen gefahren.

Ein Sonnenstrahl kommt durch die Wolken und scheint auf den Bürgersteig, direkt an der Straße. Er wird von etwas, das auf dem Boden liegt, reflektiert.

Ich gehe näher heran, bis ich schließlich erkenne, was es ist. Einer der Yut-Stäbe, die Ray ausliefern sollte.

»Hey, Lina«, rufe ich und wedele mit dem Stab. An ihrem Blick kann ich erkennen, dass sie dasselbe denkt wie ich.

Sie läuft zu mir. Eigentlich hüpft sie eher. »Los, wir haben nicht viel Zeit«, sagt sie und wieder rennen wir über die Straße zur koreanischen Botschaft.

Es sieht fast so aus, als hätte der Koreaner in Uniform auf uns gewartet. Sein Mund reicht fast von einem Ohr bis zum anderen, so strahlt er uns an. »Ich wusste doch, dass ihr den letzten Stab auch bringen würdet.«

Schnell wollen wir uns wieder durch die Tür drücken, aber er stellt sich uns in den Weg. »Wisst ihr eigentlich, dass es auch eine Graumantel-Schule hier gab? Für Mädchen wie euch.« Er fängt an zu lachen, und obwohl ich beim besten Willen nicht weiß, was so komisch daran ist, lache ich mit. Nur Lina bleibt stumm.

Wenigstens hält der Koreaner uns jetzt die Tür auf. Er winkt mit dem Yut-Stab und sagt: »Viel Glück, ihr beiden. Ich habe das Gefühl, heute passiert noch etwas Besonderes.«

Schlechte Verlierer

Wir sind schon wieder die Letzten, die den Raum betreten, dabei haben wir noch fünf Minuten Zeit. Ein paar Teilnehmer hocken sich auf den Boden. In Zweiergruppen diskutieren sie laut über ihren Notizzetteln. Ein Junge sagt gar nichts. Er hat die Fingerspitzen an seine Schläfen gelegt und die Augen geschlossen. Vermutlich spricht er mit Außerirdischen. Sein Partner dagegen kritzelt eifrig auf den Block.

»Ruhe, bitte«, Mr Moore steht kerzengerade hinter dem Pult. Er sieht jetzt gar nicht mehr so entspannt aus wie am Anfang. »Mrs Dorsett wird nun die Prüfungsbögen verteilen. Ich lese die Fragen laut vor. Ihr schreibt eure Antworten hinter die entsprechenden Nummern. Nach der letzten Frage werden unsere Helfer hier«, er zeigt auf zwei blasse Männer in grauen Anzügen, »die Bögen einsammeln. Wir brauchen nur wenige Minuten, um sie auszuwerten und euch das Ergebnis mitzuteilen.«

Erst in diesem Augenblick wird mir klar, was hier vor sich geht. Es ist wie in einer dieser Fernsehshows. Die schlechtesten Teilnehmer werden vor aller Augen eliminiert. Oh, wie ich es hasse, wenn Mama diese Sendungen ansieht.

Ob sie es hier genauso machen werden? Die Verlierer schön

in den Mittelpunkt rücken, damit auch jeder weiß, dass sie die absoluten Loser sind, weil sie gleich in der ersten Runde rausfliegen. Hastig drehe ich mich zu Lina um. Wir müssen verschwinden, jetzt sofort, solange wir der Katastrophe noch entkommen können.

Aber Lina sitzt zwei Meter von mir entfernt auf dem Boden und nimmt gerade den Zettel von einem der Anzugträger entgegen. Sie sieht nicht so aus, als wolle sie aufgeben. Im Gegenteil. Sie hält den Stift wie einen Pfeil in ihrer Hand. Als würde sie nur darauf warten, jemanden damit zu erschießen.

Ich rücke etwas dichter an sie heran. Zum Glück sind wir nahe an der Tür. So nahe, dass wir uns superschnell verdrücken können. Denn eines ist sicher, wir werden die Ersten sein, die rausfliegen.

Schräg vor mir sitzt der Junge mit dem Pagenschnitt. Er dreht den Kopf zu mir und sieht mich so durchdringend an, dass mir übel wird. Mir fällt nichts Besseres ein, als mit den Augen zu rollen und ihm die Zunge rauszustrecken.

»Frage eins«, sagt Mr Moore und man kann an seiner leisen Stimme erkennen, wie sehr er sich konzentriert. »Wann wurde die Blaumantel-Schule gegründet?« Die Antwort ist ziemlich einfach. Auch wenn ich sie schon wieder vergessen habe. Es stand draußen an der Tür und Lina schreibt 1709 auf unseren Zettel. Ein paar von den anderen lachen, weil es so leicht losgeht.

Mrs Dorsett verdrängt Mr Moore vom Pult und schlägt mit einem Lineal darauf ein. »Absolute Ruhe!«, faucht sie. »Wer Krach macht, wird disqualifiziert.«

Sofort ist es so still, dass man das Kratzen der Stifte auf dem Papier hören kann.

»Nennt den Gründer der Schule und seinen Beruf.« Selbst ich kenne inzwischen die Antwort: Brauer William Green.

Dann kommen schwierigere Fragen, aber Lina kann sie offenbar beantworten, denn sie schreibt eifrig, auch wenn ich ihre Schrift kaum entziffern kann.

Ich werde etwas ruhiger. Vielleicht hat Lina sich so gut vorbereitet, dass wir heute nicht rausgeschmissen werden. Und nachdem ich gesehen habe, wie dieser Wettbewerb abläuft, kann sie wohl kaum erwarten, dass ich zur nächsten Veranstaltung noch mitkomme. Da kann Lina dann alleine hingehen. Für mich war's das. Das steht fest.

Frage achtzehn: »Welches Gebäude befindet sich heute südwestlich der Schule?«

Die meisten Teilnehmer sehen sich fragend an. Manche durchsuchen ihre Notizen und schieben selbst gezeichnete Lageskizzen hin und her.

Grinsend dreht Lina sich zu mir und zeigt mit dem Stift auf das, was sie geschrieben hat. Ich brauche ein paar Sekunden, um es zu entziffern: *Die koreanische Botschaft*, steht da.

Jetzt muss ich auch grinsen. Wie gut, dass ich in Rays Schubkarre gerannt bin.

Ich kann hören, wie der Pagenschnitt-Junge mit seiner Partnerin streitet. »Los, schreib endlich *das Justizministerium*.«

»Ja, schreib nur«, flüstere ich. »Aber das ist woanders.«

Frage neunzehn handelt von einem Architekten, dessen Namen ich noch nie gehört habe, aber Lina scheint die Antwort zu kennen. Und dann kommt es. Frage zwanzig.

»Ihr wisst sicher«, beginnt Mr Moore und es klingt, als würde er uns eine Gute-Nacht-Geschichte erzählen, »dass die Schule in einer Zeit gegründet wurde, in der die Kirchen in England um die Vorherrschaft stritten. Die anglikanische und die katholische Kirche, um genau zu sein. In dieser Zeit wurden viele Schulen gegründet, um die Kinder im anglikanischen Glauben zu erziehen. Und manche unserer Straßennamen weisen auf diese Schulen hin.« Er lehnt sich leicht nach vorne und ich mache mir Sorgen, er könnte das Gleichgewicht verlieren.

»Hier kommt meine letzte Frage. Welche Schule in dieser Gegend wurde nur für Mädchen gegründet?«

Als ich nach vorne sehe, merke ich, wie Mr Moore mich anlächelt. Wie Lehrer manchmal schauen, wenn sie glauben, sie hätten einem was beigebracht. Nicht, dass mich auf St. Claudia schon mal jemand so angeschaut hätte.

Mit äußerster Konzentration schreibe ich *Graumantel Schule* aufs Papier. Selbst als alle Buchstaben darauf stehen, kann ich nicht aufhören auf den Zettel zu starren.

Lina boxt mich in die Rippen. Sie reißt mir das Papier mit meinen viel zu großen, hässlichen Buchstaben, die auf dem Papier hin und her purzeln, aus der Hand. Dann gibt sie es zusammen mit den Zetteln, die sie beschrieben hat, dem blassen Mann mit der Brille, der schon andere Papiere in der Hand hält.

»Gebt eure Zettel ab«, verlangt Mrs Dorsett mit schriller Stimme. »Die erste Runde des Wettbewerbs ist beendet. Wir teilen euch in fünfzehn Minuten die richtigen Antworten mit. Dann wissen wir auch, wer in die zweite Runde kommen wird.«

»Keine Sorge«, sagt Lina so leise, dass ich mich dicht zu ihr beugen muss, um sie zu verstehen. »Wir sind dabei. Wir kommen sicher weiter.« Sie reckt ihre Nase nach oben und sieht für einen Moment ganz schön groß aus.

Es ist jetzt richtig laut in der Halle. Vielleicht war das früher auch so. Als die Jungs mit den blauen Mänteln und den gelben Strümpfen hier zur Schule gingen.

Alle diskutieren ihre Antworten miteinander. Ein Junge, der seine rote Krawatte über die Schulter nach hinten geschwungen hat und irgendwie indisch aussieht, haut seinem Partner, der ihm verblüffend ähnlich sieht, auf den Rücken. »Mein Bruder weiß so viel über Architektur, dass er St. Paul's Cathedral selber hätte bauen können.«

Die anderen um sie herum lachen. Sie beginnen sich einander vorzustellen. Archie, von Cobham House, Hassan von King Edward's College und Harry von St. Christopher. Sie stehen sich gegenüber wie die Politiker im Fernsehen. Höfliches Grinsen und freundliches Nicken. Dabei gehören sie zu gegnerischen Teams. Einer ist größer als alle anderen. Er hat schwarze Locken und ein nettes Gesicht. Und er benimmt sich, als wäre er der Premierminister.

Er lächelt die anderen an und nickt mit dem Kopf, wenn jemand etwas sagt.

Lina und ich sind die Einzigen, die abseits stehen.

»Das kann nicht sein«, höre ich den Jungen mit dem Pagenschnitt sagen. Er spricht ganz deutlich, auch wenn sich seine Stimme fast überschlägt. »Es ist ganz sicher das Justizministerium.« Dabei schüttelt er heftig den Kopf und hält beide Hände an seine Wangen.

Jemand klatscht so kräftig in die Hände, dass es von den Wänden widerhallt. Es ist Mrs Dorsett. Alle verstummen und drehen sich nach vorne. Lina ist still wie eine Puppe, so dass ich mir Sorgen mache, sie hätte aufgehört zu atmen. Mr Moore hält einen Zettel in der Hand.

»Es ist so weit«, verkündet er und meine Handflächen werden feucht. Das passiert mir immer, selbst wenn ich nur ein bisschen aufgeregt bin, und ich finde es ganz schön peinlich. Ich versuche unauffällig meine Hände am Rock abzuwischen.

»Ihr wart alle außerordentlich gut«, sagt Mr Moore, »aber ich habe von euch auch nichts anderes erwartet. Es gibt schließlich gute Gründe, warum ihr für *Londons Zirkel* ausgewählt wurdet.« Jetzt hält er kurz inne und dreht sich zu Mrs Dorsett. »Wir hatten in diesem Jahr drei Teams, die alle Fragen richtig beantwortet haben.« Es ist Mrs Dorsett nicht anzumerken, ob sie sich darüber freut oder enttäuscht ist, dass nicht jeder alles beantworten konnte.

»Ich beglückwünsche Team King Edward's College, Team St. Christopher und Team Cobham House zur vollen Punktzahl.«

Jubel bricht aus. Der Junge mit der roten Krawatte fällt seinem Partner kurz um den Hals, worauf dieser fast zu Boden stürzt.

Etwas zu spät sehe ich mich nach Lina um. Sie ist kreidebleich und ich mache mir wirklich Sorgen um sie. Ich zupfe an ihrem Kleid. »Hey, das ist doch nicht so schlimm. Vielleicht war es doch ein Versehen, dass wir hier sind …«

Lina antwortet nicht und Mrs Dorsett klatscht schon wieder in ihre Hände, diesmal wirkt es irgendwie hektisch.

»Wir haben zwei Teams, die beide nur einen Fehler gemacht haben. Ich darf vorwegnehmen, dass dieser Fehler bei einem Team ein Rechtschreibfehler war, wir aber äußerst strikt sein müssen, was das angeht.«

Jetzt ist es wieder ganz still geworden. Mr Moore schluckt leicht, bevor er verkündet: »Eastminster School und St. Claudia sind ebenfalls in der nächsten Runde. Das heißt, wir müssen uns leider von Team Padlington Hall, die zwei Fehler gemacht haben, verabschieden.«

Ich stoße einen kleinen Freudenschrei aus und merke erst, dass er etwas zu laut war, als alle mich anstarren.

Es hat also den Jungen mit dem Pagenschnitt und seine Partnerin getroffen. Ich kann nicht behaupten, dass es mir leidtut. Er steht dicht neben mir und ich kann sehen, wie seine Wangen langsam rot anlaufen.

Der Junge von Padlington Hall dreht sich zu mir und geht auf mich los. »Hör auf mich anzustarren. Du bist doch so dumm, dass du keine Ahnung hast, was hier vor sich geht. Sie lassen die Underdogs nie in der ersten Runde ausscheiden. Egal was deine Zwergenfreundin da aufs Papier gekritzelt hat, es war mit Sicherheit totaler Stuss. Ihr seid nur noch dabei, weil sie Mitleid mit euch haben.«

Eigentlich dachte ich immer, an den vornehmen Schulen lernt man, ein guter Verlierer zu sein. *Dabei sein ist alles* und so. Aber anscheinend benehmen sich selbst Eliteschüler manchmal daneben.

Das Mädchen zieht ihn zurück. Zum Glück, denn ich kann mich vor Schreck kaum rühren. Alle starren uns an. Und Mrs Dorsett kommt nach hinten. »Ich muss doch sehr bitten«, sagt sie zu dem Jungen mit dem Pagenschnitt. »Hier geht alles mit rechten Dingen zu. Ich kann ja verstehen, dass ihr enttäuscht seid. Aber bleibt trotzdem fair.«

Sie fasst ihn an der Schulter und bringt ihn zur Tür. Obwohl Mrs Dorsett mich dabei von der Seite anrempelt, würdigt sie mich keines Blickes.

Vorne räuspert sich Mr Moore. »Damit wäre unser Treffen für heute beendet. Ihr werdet alle eine Einladung zu unserem Treffen nächste Woche bekommen. Haltet also die Augen offen. Es gelten dieselben Regeln wie heute. Wer nicht erscheint oder zu spät kommt, scheidet aus.«

Nieselregen fällt auf unsere Köpfe, so zart und vorsichtig, dass man ihn kaum bemerkt. Die anderen Teilnehmer stehen noch gemeinsam auf dem kleinen Platz neben dem Baum, wo wir Ray getroffen hatten. Sogar das ausgeschiedene Team Padlington Hall ist noch da. Der Junge redet extralaut, als er Lina und mich weggehen sieht.

»Rechtschreibfehler – hat man das schon mal gehört? An unserer Schule hätte man die nicht mal zur Aufnahmeprüfung zugelassen.« Er lacht uns hysterisch hinterher und irgendwie ist es auf einmal kein Trost mehr, dass Padlington Hall in der ersten Runde rausgeflogen ist.

Auf dem Weg zur U-Bahn strecke ich mein Gesicht nach oben, Richtung Himmel. Als ich klein war, hat mir Papa erklärt, dass man auf diese Art seine bösen Gedanken loswerden kann. Egal wie grau und dunkel der Himmel auch aussieht, nach oben schauen erinnert uns daran, wie winzig unsere Probleme sind. Das hilft fast immer.

Vielleicht sollte ich Lina überreden, es mal zu probieren.

Lina jedenfalls sieht so aus, als wären ihre Probleme größer als der Himmel. Wir sitzen schon in der U-Bahn, als sie endlich einen Laut von sich gibt. Es klingt wie ein seufzendes Grunzen.

»Rechtschreibung!«, sagt sie dann. »Pah! Hat jemand von denen jemals gelernt, wie man vierhundert Schriftzeichen richtig schreibt? Das lernt man in China nämlich in der ersten Klasse. Und dann noch mal vierhundert und noch mal und noch mal und es hört nie auf. Ich glaube nicht, dass das einer von denen versteht. Aber sich aufregen, wenn ich mal einen Buchstaben vergesse.« Sie redet sehr laut und einige Leute im Abteil drehen sich zu uns um. Eine Frau mit unglaublich hohen Absätzen und pink geschminkten Lippen lächelt Lina an.

»Ich bin jedenfalls froh«, sage ich leise, »dass wir nicht rausgeflogen sind. Darauf haben ja wohl alle gewartet. Trotzdem frage ich mich, warum St. Claudia ausgerechnet uns zum Wettbewerb schickt.«

»Weil wir ausgewählt wurden. Weil irgendjemand in St. Claudia glaubt, dass wir *Londons Zirkel* gewinnen können.« Linas Wimpern flackern heftig. Außerdem trommelt sie mit den Fingern auf ihrer Schultasche.

»Aha«, sage ich. »Nehmen wir mal an, das stimmt. Dann ist doch die Frage, warum überhaupt Schüler von St. Claudia dabei sind. Hast du nicht gehört, was der Trottel von Padlington Hall gesagt hat? Es hat noch nie eine Außenseiterschule gewonnen. Seit 125 Jahren gewinnen abwechselnd immer die fünf besten Schulen. Da hat niemand ein Interesse daran, dass ausgerechnet St. Claudia in den ehrwürdigen Kreis der Eliteschulen aufgenommen wird. Es sieht eher danach aus, als bräuchten die jemanden, über den sie laut lachen können. Und wenn auf St. Claudia jemand die Sache ernst nehmen würde, dann hätten sie nie im Leben uns beide dahin geschickt. Wir sind in der blauen Gruppe …«

Lina reckt ihre Nase nach oben. »Aber«, sagt sie, »das heißt ja noch lange nicht, dass wir keine Chance haben.«

Irgendwie sieht sie traurig und trotzig zugleich aus. Ich greife nach ihrem Arm und sie zieht ihn nicht zurück. Ihr Handgelenk ist so dünn, dass ich locker ganz herumgreifen kann.

»Warum ist dir der Wettbewerb so wichtig?«, frage ich.

Sie druckst etwas herum. »Es ist wegen der Papageien.«

Ein ganz spezieller Wunsch

Auf dem Nachhauseweg trödeln wir und am Ende weiß ich alles über Graupapageien.

»Man muss so früh wie möglich mit der Zucht anfangen«, erklärt Lina und sieht aus wie Schwester Greta beim Morgengebet. »Und ich wäre die erste Zwölfjährige, die sich damit beschäftigt. Ich kann einfach nicht glauben, dass du noch niemals von Alex gehört hast.«

Habe ich nicht. Warum auch? Das Viech ist schon seit Jahren tot und Tierexperimente haben mich noch nie interessiert. Angeblich konnte dieser Graupapagei Alex rechnen, Fragen verstehen und einigermaßen intelligent darauf antworten. Vielleicht hätte er es damit sogar in die blaue Gruppe geschafft.

Jetzt weiß ich zumindest, dass Lina es sich in den Kopf gesetzt hat, die Intelligenz von Papageien zu beweisen. Anscheinend braucht man dazu viel Ausdauer.

Die meisten Forscher fangen einfach zu spät an mit ihren Studien, meint Lina. Graupapageien können bis zu sechzig Jahre alt werden. Wenn man also erst mit dreißig oder vierzig anfängt mit einem Papageien zu arbeiten, stirbt man eventuell vor ihm. »Und ich kann vielleicht schon echte Forschungsergebnisse aufweisen, wenn ich vierzig bin«, sagt sie. Ich starre sie mit offenem Mund an. Ich selber habe noch nicht mal den Schimmer einer Ahnung davon, was ich mit sechzehn machen könnte. Abgesehen von der Tatsache, ob ich überhaupt meinen Schulabschluss schaffen werde.

Linas Eltern halten gar nichts von der Papageien-Idee. Aber Lina nervt sie schon seit zwei Jahren damit. Immerhin haben ihre Eltern der Zucht zugestimmt, wenn Lina das Geld dafür selbst auftreibt. Was natürlich ein Witz ist, denn wo sollte sie auf einmal Tausende von Pfund auftreiben?

»Und du?«, fragt sie schließlich. »Könntest du nicht auch was anfangen mit dem Geld?«

Lina hatte mir schon von dem Preisgeld erzählt. Fünftausend Pfund für die Gewinner von *Londons Zirkel*! So viel, wie Jimmie für ein gebrauchtes Auto verdienen will. Und Schwester Greta hat mal einen Brief an die Eltern geschickt, in dem sie viertausend Pfund für neue Büchereibücher sammeln wollte. Mama hat damals in ihrer Geldbörse gekramt und mir ein paar Münzen mitgegeben.

Linas braune Augen blitzen ein bisschen, als sie mich fragt, und ich traue mich nicht von meinen Wünschen zu erzählen. Was sind eine Wii-Station, Rollerskates und Ohrringe schon gegen eine Papageienzucht?

»Mama war schon lange nicht mehr im Urlaub«, sage ich stattdessen. Und es stimmt. Seit Papa tot ist, waren wir nicht mehr im Urlaub. Mama sagt, wir können uns das einfach nicht leisten. Ist auch in Ordnung, am Ende käme Gregg noch mit, und das wäre auf jeden Fall superpeinlich. So daneben, wie er sich immer benimmt.

»Du könntest mit mir in die Karibik fliegen«, sagt Lina.

»Gibt es da Graupapageien?«, frage ich und sie lacht. Ich glaube, es wird verdammt schwer werden, Lina diesen Wettbewerb auszureden. Und wenn ich es mir recht überlege, vielleicht würde es sogar Spaß machen, noch ein bisschen weiterzumachen.

Zu Hause sind Greggs Klamotten über den Küchentisch verstreut und auf den Stühlen liegen alte Magazine, in denen Mamas Kunden manchmal blättern. Es ist mir ein bisschen unangenehm, aber Lina kümmert das nicht. Stattdessen drückt sie sich fast die Nase platt an ein paar Fotos, die Mama aus Magazinen ausgeschnitten und in Plastikrahmen an die Wand gehängt hat. Es sind Bilder von afrikanischen Tieren in altmodischen Zoogehegen.

»Traurig – oder?«, murmele ich. Es muss lange her sein, dass ich die Zebramutter mit den wässrigen Augen und ihr Junges genauer betrachtet habe.

»Das sind die Gehege im Regent's Park Zoo«, sagt Lina. Sie stellt sich so nah vor das Bild, dass ich mir inzwischen sicher bin, sie muss kurzsichtig sein.

»Komm, lass uns in mein Zimmer gehen«, ich ziehe sie von den Bildern weg. Als wir nebeneinander auf meinem Bett sitzen, fällt mir auf, wie sehr die Sprungfedern durch die Matratze stechen. Mama hat erst vor zwei Monaten eine neue Matratze gekauft, aber die hat sich natürlich Gregg unter den Nagel gerissen. Ich sollte seine alte nehmen, aber eher sterbe ich, als da zu liegen, wo er sich mit seinen Stinkefüßen hin- und hergewälzt hat.

»Was machst du sonst so nachmittags?«, fragt Lina.

»Weiß nicht«, sage ich. »Fernsehen.« Ich kann ja schlecht zugeben, dass ich meistens stundenlang auf meinem Bett liege und die Decke anstarre.

»Und wo sind deine Eltern?«, fragt sie und zieht sich die Ringelstrümpfe hoch.

»Mama hilft einer Freundin, die Sandwiches verkauft. Dann kommt sie heim und schneidet Leuten die Haare, aber um diese Zeit ist sie noch nicht zurück. Manchmal geht sie auch zu ihren Kunden nach Hause und arbeitet dort.«

Lina nickt. »Hast du keinen Hunger?«, fragt sie.

Obwohl mein Magen knurrt wie der bissige Hund der Harmstons, wenn er mich auf dem Flur sieht, schüttele ich den Kopf.

»Da, wo meine Eltern herkommen, geht es ständig ums Essen. *Hast du schon gegessen? Was willst du essen? Was gab's zum Frühstück?*« Sie lässt sich nach hinten aufs Bett fallen. »Jetzt habe ich jedenfalls Riesenhunger.«

»Die Sache ist …«, fange ich an zu erklären, aber da hat sie blitzschnell eine Rolle rückwärts gemacht, steht auf ihren Füßen und läuft zur Tür.

»Komm, wir machen uns was«, ruft sie und ist auf dem Weg in die Küche.

Als ich ihr nachgehe, hat sie die Kühlschranktür schon aufgemacht. Der Anblick scheint sie nicht zu erschrecken, zumindest lässt sie sich nichts anmerken.

Im Kühlschrank stehen eine halbleere Flasche Ketchup und eine volle Flasche Weißwein. Im Gemüsefach liegen drei verschrumpelte Äpfel und ein paar Salatblätter. Und dann ist da noch die Butterdose, die Lina bereits in der Hand hält. »Gibt's hier vielleicht Brot?«, fragt sie und findet die Plastiktüte mit dem Toast.

»Mama wollte heute einkaufen gehen«, stammele ich. »Manchmal gibt sie mir auch das Geld, aber mein Bruder Gregg …«, versuche ich zu erklären.

Sie hat ein genießbares Stück Toast gefunden und öffnet die Butterdose. Ich will sie warnen, aber sie hat die kleinen Härchen bereits entdeckt. Sie schabt die obere Schicht der Butter ab und schmiert sie ins Papier. Dann nimmt sie ein neues Stück und bestreicht das Brot. »Willst du?«, fragt sie. Ich schüttele den Kopf.

»Wenn's nach mir ginge, würde ich nur Toast mit Butter essen«, sie klingt, als ob sie es ehrlich meint. »Aber meine Eltern mögen das nicht. Wenn du wüsstest, was bei uns zu Hause im Kühlschrank liegt. Schwalbennester, zum Beispiel – kennst du das?« Ohne meine Antwort abzuwarten, fährt sie fort. »Das Zeug isst man, weil die Spucke der Schwalben so was wie Medizin ist. Im Ernst. Und Hühnerfüße, so für zwischendurch. Getrocknete kleine Fische, Seetang. Alle möglichen Sorten von Reisnudeln, Fischbällchen, fasriges Fleisch und die verschiedensten Sorten Gemüse: Süßes, Bitteres, Saures und eins, das auf der Zunge brennt. Ich weiß nie, was sie mir abends vorsetzen. Glaub mir, ich wäre glücklich über eine Scheibe Toast.«

Sie hält sie mir entgegen und ich beiße ab.

»Was machst du denn so nach der Schule?«, frage ich sie. Über uns fängt Mrs Harmston wieder an zu schreien.

Lina neigt den Kopf zur Seite und flüstert: »Das ist geheim.« Sie sieht sich im Zimmer um, als wolle sie sichergehen, dass wir alleine sind. »Ich kümmere mich um meine Forschung.«

»Die Papageien?«

»Genau.«

»Und wie machst du das?« Es wäre Lina zuzutrauen, dass sie irgendwo bereits mit einer geheimen Zucht begonnen hat.

»Ich gehe natürlich in den Zoo. Meine Tante hat mir zu Weihnachten eine Jahreskarte geschenkt. Ich bin also jeden Nachmittag bei den Graupapageien und versuche mit ihnen zu kommunizieren. Einige kennen mich schon.« Ihre Augen strahlen, als würde sie von ihrer Lieblingsband und nicht von Zootieren sprechen.

»Verstehe«, sage ich laut, aber ich könnte mir nichts Langweiligeres vorstellen, als jeden Nachmittag vor ein paar Käfigen zu stehen und die Vögel darin anzustarren. »Immerhin lassen deine Eltern dich gehen …«

Jetzt wird das Strahlen in ihren Augen noch heller. »Was denkst du denn? Die wissen natürlich nichts davon. Für sie wäre das pure Zeitverschwendung, so was würden sie mir nie erlauben.«

Ich wünschte, es wäre mehr Toast da. Mein Magen knurrt immer noch. »Und sie merken das nicht?«, frage ich.

»Sie denken, ich lerne nachmittags Chinesisch. Es gibt eine Schule in Shoreditch, viele Kinder mit chinesischen Eltern gehen da nachmittags hin. Mindestens fünfzig sitzen in einem Raum und schreiben Schriftzeichen. Die Lehrer sind genauso pingelig wie diese Mrs Dorsett. Ein Albtraum!«

Es ist mir ein bisschen unangenehm, dass ich die ganze Zeit dachte, Lina käme aus Korea. Schnell sage ich: »Fällt es denn niemandem auf, dass du gar nicht da bist?«

Lina grinst breit und beugt sich leicht nach vorne. »Ich bezahle ein anderes Mädchen, sich für mich auszugeben. Ab und zu reicht sie auch einen Zettel für mich ein, auf dem mein Name steht und sonst nichts. Oder nur ein bisschen Gekritzel …«

»Du bezahlst sie – und woher hast du das Geld …?«, frage ich.

»Taschengeld. Bekommst du keins?«

Ich nicke, aber das Geld, das Mama mir gibt, reicht kaum für Frosties und Snickers und sicher nicht dafür, eine Doppelgängerin zu bezahlen.

»Das Gute ist«, sagt Lina und rollt sich eine Haarsträhne um den Finger, »jeder weiß inzwischen, dass ich im Unterricht nie was sage und nicht mitmache. Alle haben sich inzwischen daran gewöhnt, sogar meine Eltern.«

»Dann ist die blaue Gruppe nur Show für dich«, sage ich.

»Na für dich doch auch, oder?«, fragt Lina. Neben ihr steht mein Schulrucksack. Sie schiebt ihn mit dem Fuß zur Seite. »Warum ist der denn so schwer?«, fragt sie und hat schon den Reißverschluss aufgezogen. »Schleppst du das den ganzen Tag mit dir rum?«

Sie hält mir das dicke zerfledderte Buch von Schwester Greta entgegen. Der modrige Geruch weht zu mir herüber und erinnert mich an die Schulbibliothek.

»Schwester Greta hat mir das heute Morgen aufgedrückt. Als ob ich jemals freiwillig ein ganzes Buch lesen würde. Noch dazu so eins.« Ich versuche Lina das Buch aus der Hand zu nehmen, aber sie dreht sich zur Seite.

»Das ist eine Erstausgabe von *David Copperfield*. Ich kann nicht glauben, dass sie dir das einfach so mitgibt.«

Ich stütze mich auf dem Bett ab und schaue über Linas Schulter ins Buch. Sie fährt mit dem Zeigefinger über die ersten Zeilen, mit denen das Kapitel beginnt.

»*Ob ich der Held sein werde in meinem eigenen Leben oder ob jemand anders diesen Platz einnehmen wird, werden diese Zeilen beweisen*«, liest Lina vor und ich versuche die Wörter zu entziffern, aber es geht zu schnell. Also lasse ich mich aufs Bett fallen, schließe die Augen und höre ihr zu. Für einen Moment muss ich an Papa denken. Er hat uns stundenlang vorgelesen. So lange, bis ich eingeschlafen bin und die Hälfte der Geschichten meistens verpasst habe.

Nicht, dass ich gerade begreife, was Lina liest. Es macht einfach Spaß ihre Stimme zu hören, die langsamer und schneller wird und auf und ab hüpft. Es ist eine altertümliche Sprache, aber Lina liest so, dass ich es begreifen kann. Eine junge Mutter, die nach dem Tod ihres Mannes plötzlich alleine dasteht mit ihrem Kind. Eine seltsame alte Tante, ein treues Dienstmädchen. Ich weiß nicht, wie lange sie liest. Irgendwann habe ich diesen David Copperfield genau vor Augen.

Als sie das Buch zuklappt, schrecke ich auf.

»Komm, wir gehen zu diesem Shop an der Tankstelle unten und holen uns was zu essen. Ich habe Geld«, sagt sie und springt vom Bett auf.

Wir reißen die Sandwich-Tüten auf und beißen sofort in die Brote, noch bevor wir durch die Glastür nach draußen gegangen sind. Mayonnaise tropft auf meinen Rock.

»Hoffentlich hast du morgen noch was zum Anziehen«, sagt Lina.

»Solange es nicht deine Ringelstrümpfe trifft!« Ich muss lachen.

»Ach die, von denen habe ich genug«, sagt Lina. »Ich trage sie übrigens nur, damit jeder meine Doppelgängerin für mich hält. So reden alle Leute über mich: das Mädchen mit den Ringelstrümpfen. Ganz praktisch, falls meine Eltern mal bei jemandem nachfragen. Alle schauen immer nur auf meine Strümpfe. Mein Gesicht und alles andere ist wahrscheinlich zu langweilig ...«

Als wir zurücklaufen, merken wir, wie spät es ist. Lina muss nach Hause. Ihre Eltern erwarten sie pünktlich zurück vom Chinesisch-Unterricht. Ich will wieder in die Wohnung gehen und weiß schon im Flur, dass Mama eine Kundin hat. Wahrscheinlich die Schwerhörige.

»Und hinten wieder ganz kurz, so wie letztes Mal?«, brüllt Mama und ich höre, dass sie einen anstrengenden Tag hatte.

Sie steht in der Küche. Auf dem Plastikstuhl sitzt Mrs Coller, die Arme verschränkt unter einem rot geblümten Umhang, der über ihre Schultern hängt. Sie macht eine Handbewegung, die vieles bedeuten kann.

Mama schneidet einfach weiter. Als sie mich sieht, formt sie mit den Lippen einen Kuss in meine Richtung. Dann wischt sie sich mit dem Ellbogen die Haare aus dem Gesicht. Sie sieht rot aus und verschwitzt.

»Tabby, Süße, hast du schon gegessen?«, fragt sie.

»Hallo, Mrs Coller«, rufe ich laut und dann leise: »ja, Mama, habe keinen Hunger mehr.«

»Uh, das ist gut«, murmelt sie. »Ich glaube, der Kühlschrank ist leer.«

Der Fernseher läuft in der Küche, aber ich habe keine Lust, bei Mama und Mrs Coller zu bleiben. Stattdessen gehe ich in mein Zimmer und schließe die Tür ab, auch wenn Mama das nicht mag. Keine Ahnung, wo Gregg steckt, nicht, dass ich ihn vermisse.

Auf dem Bett liegt mein Uniformkleid, gewaschen, gebügelt und genäht. Keine Ahnung, wann Mama das heute geschafft hat.

Und daneben liegt das Buch. Inzwischen finde ich den Geruch gar nicht mehr so unangenehm. Eher geheimnisvoll, als ob man die Tür zu einem alten Speicher aufstößt, ohne zu wissen, was einen erwartet. Ich lege mich hin und blättere durch die Seiten. Es dauert eine Weile, dann finde ich die Stelle, an der Lina aufgehört hat zu lesen.

Mit den Fingerspitzen berühre ich vorsichtig die Buchstaben, als könnte ich sie versehentlich wegwischen, und entziffere ein paar Wörter, dann einen ganzen Satz. Es funktioniert, auch wenn ich nicht alles begreife, was ich lese.

Aber das macht nichts, denn irgendwie kommt es mir vor, als könnte ich beim Lesen Linas Stimme hören.

Nachforschungen im Mandarin

Am nächsten Tag finde ich es in der blauen Gruppe gar nicht mehr so übel. Lina und ich konnten uns aussuchen, was wir machen, und wir haben beide das gleiche Buch gewählt: Sehenswürdigkeiten von London.

Es ist ein komisches Gefühl, neben ihr zu sitzen nach dem, was wir gestern erlebt haben. Ab und zu schauen wir uns an, ganz kurz nur. Das Geheimnis, das wir beide teilen, ist wie ein Bund, der uns zusammenschweißt. Es ist die gute Sorte Geheimnis, die einem den Bauch kribbeln lässt. Nicht die schlechte, von der man Magenkrämpfe bekommt. Wir können natürlich nicht miteinander reden, denn Lina stellt sich ja stumm.

Und ich habe eine Leseschwäche oder so was Ähnliches. Aber auch nur offiziell, denn wenn ich die Wörter lange genug anschaue, kann ich sie entziffern. Es dauert allerdings fast zwei Stunden, bis ich das erste Kapitel des Buchs gelesen habe. Und dann ist die blaue Gruppe schon rum.

Während des Bio-Unterrichts schiebt Lina mir einen Zettel zu. *Hast du schon irgendwas bemerkt?* Ich muss grinsen. *Eisschirm?*, kritzele ich darunter. Sie streckt die Arme aus und dreht die Handflächen nach oben.

Claudio ist heute nicht an der Essensausgabe. Als ich nach ihm frage, ranzt mich die dürre Frau mit der weißen Haube auf dem Kopf an: »Hat sich die ganze Woche krankgemeldet, der Faulsack. Und rate mal, wer dafür doppelt schuften muss. Weiß ich denn, welche Eimer ich in welchen Topf leeren soll? Sieht doch alles gleich aus.«

Ich sehe auf meinen Teller mit dem wässrigen Chili con carne und mir vergeht der Appetit.

Lina spielt auch während der Pause ihre schweigende Rolle. Aber sie schreibt mir einen Zettel: *Kommst du nach der Schule mit zu mir?*

»Was sagen deine Eltern dazu?«, frage ich. »Musst du nicht in der Chinesisch-Stunde sein?«

»Ich sage, wir müssen für die Schule lernen, das ist wichtiger als der Chinesisch-Unterricht.«

Und so sitze ich nach der Schule wieder in der U-Bahn, denn Lina wohnt in der Nähe vom Leicester Square, mitten in der Stadt. Das letzte Mal war ich hier mit meiner alten Schulklasse. Wir haben *König der Löwen* angesehen und saßen irgendwo ganz oben im Theater. So hoch, dass mir schwindlig war.

Als wir aus dem U-Bahn-Ausgang treten, blendet mich die Sonne. Rechts und links stehen die alten Backsteingebäude, die Mama immer *herrschaftlich* nennt. Die Pubs sehen größer aus als in unserer Gegend, die Schilder glänzen gold und schwarz poliert und überall hängen Leuchtkästen und Plakate, die für Filme oder Theaterstücke werben. Die Leute sehen auch anders aus. Sie laufen schneller, als müssten sie eigentlich schon ganz woanders sein. Außer den Touristen natürlich, die haben alle Zeit der Welt. Früher habe ich mit Papa und Jimmie Touristen beobachtet und Papa hat geraten, aus welchem Land sie kommen. Damals sind wir noch oft in die Stadt gefahren. Ich meine, in die Innenstadt und zu den Sehenswürdigkeiten.

Ich laufe Lina nach, die vor mir herhopst, in eine kleine Gasse. Sie zieht die Glastür zu einem Restaurant auf, und bevor ich nachfragen kann, stehen wir schon drin.

Zwei Mädchen in schwarzer Uniform mit oranger Schürze begrüßen sie in einer komischen Sprache.

Lina rennt ein paar Stufen nach oben und ich habe Mühe, ihr zu folgen. An Holztischen sitzen Gäste, fast alle sehen asiatisch aus. Lina ist aber schon ein Stockwerk weiter nach oben gerannt.

Hier sind dieselben Tische, aber keine Restaurantgäste. Nur wir.

Sie feuert ihre Tasche auf eine der Bänke. »So, da sind wir«, sagt sie. »Was willst du essen?«

Ich komme nicht zum Antworten. Ein Mann mit rundem glänzenden Gesicht flitzt die Treppe nach oben und gibt Lina einen Kuss auf ihre Haare.

»Baba«, sagt sie. »Das hier ist Tabby.« Dann redet sie in fremden abgehackten Wörtern.

Der Mann nickt und macht eine kleine Verbeugung vor mir. Er reibt sich die Hände, die voller Mehl sind. Auch seine Unterarme sind bestäubt, als hätte er gerade darin gebadet. Und genauso riecht er auch. Nach einem frischen Mehlbad. »Freut mich sehr«, sagt er mit einem starken Akzent. Seine Augen blitzen so freundlich und aufgeregt wie Linas, als sie zum ersten Mal gehört hat, dass wir für *Londons Zirkel* nominiert sind.

»Ihr müsst auf jeden Fall was essen, bevor ihr mit dem Lernen beginnt. Es ist unmöglich, sich mit leerem Bauch zu konzentrieren.«

Lina rollt die Augen, aber ich kann sehen, dass sie sich freut.

Ihr Vater klatscht in die Hände und ruft ein paar Sätze. Ich verstehe kein Wort.

Dann sieht er mich an und lacht. »Vielleicht kann Lina dir Chinesisch beibringen und du hilfst ihr etwas in der Schule? Ihre Lehrer sagen, dass sie den Mund nicht aufbekommt. Zu Hause plappert sie die ganze Zeit.«

»Chinesisch? Ich glaube nicht …«, fange ich an, aber da spüre ich, wie Lina unter dem Tisch nach meinem Schienbein tritt.

»Ja, klar«, sage ich und räuspere mich.

Innerhalb weniger Minuten dampft und raucht es auf unserem Tisch. Vor uns stehen verschiedene Teller und Schüsseln. Auf manchen liegen dünne Scheiben Fleisch, auf anderen Nudeln mit buntem Gemüse darin.

Lina hält mir zwei kleine Holzstäbe entgegen. »Kannst du mit Stäbchen essen?«, fragt sie.

Ich merke, wie ich rot werde. »Äh, nein«, stammele ich und habe keine Lust, Lina zu erklären, dass ich noch nie in einem chinesischen Restaurant war.

Sie steht auf, geht zu einem Schrank mit Schubladen und holt eine Gabel und einen Löffel. »Bei uns sagt man nicht *Guten Appetit*, sondern *Iss langsam*.«

Eigentlich probiere ich nicht gern neue Sachen. Mama kocht immer dasselbe, und wenn wir essen gehen, bestelle ich meistens Pommes. Manchmal mit Fischstäbchen.

Ich ziehe eine der glitschigen weißen Nudeln vom Teller und beiße ein winziges Stück ab. Es schmeckt nicht so übel, aber riecht furchtbar nach gebratenen Zwiebeln. Dann nehme ich von dem dünnen Fleisch und fange an zu kauen. Es schmeckt scharf, ist aber unheimlich weich. Ich fange an zu husten. Lina lacht.

Eine der Kellnerinnen bringt uns zwei riesige Gläser mit einer weißen Flüssigkeit.

»Magst du Kokosnuss?«, fragt Lina.

Ich nicke und sauge an dem dicken Strohhalm. Es schmeckt wie ein Milchshake.

Wir essen und trinken, ohne zu reden. Es ist spannend, Lina zuzusehen, wie sie das Essen mit ihren Stäbchen aufnimmt und in ihren Mund bringt. Nichts fällt herunter, nicht mal die glitschigen Nudeln.

Als wir fertig sind, hält sie die Stäbchen vor mir in der Luft mit einer Hand fest und beginnt damit zu klappern. »Als ich klein war, musste ich mit Erdnüssen üben. Jeden Tag mindestens eine halbe Stunde. Möchtest du das vielleicht lernen?«

Sie schnappt mit den Stäbchen nach meiner Nase. Ich lehne mich zurück und muss lachen. »Nee, heute nicht. Ein anderes Mal, okay?«

Ich habe das Buch mitgenommen. Eigentlich weiß ich auch nicht, warum, aber jetzt hole ich es aus meinem Rucksack. »Hast du Lust?«, frage ich Lina.

»Klar«, sagt sie und setzt sich auf die Bank neben mich. Wir schieben die Essensreste zur Seite und Lina fängt an mir vorzulesen. Nach ein paar Seiten stoppt sie. Und dann fange ich an zu lesen. Lina macht es nichts aus, dass ich langsam lese. Sie lehnt sich zurück und legt ihre Füße auf den Stuhl.

Zwischendurch sehe ich auf und bemerke eine kleine Frau mit weißer Schürze, die uns beobachtet. Sie sieht Lina so ähnlich, dass es ihre Mutter sein muss. Sie winkt mir vorsichtig mit der Hand zu und lächelt, aber bevor sie etwas sagen kann, ruft von unten eine Kellnerin nach ihr und sie läuft die Treppe hinunter.

So geht es die ganze Woche weiter. Blaue Gruppe, normaler Unterricht und danach ins Mandarin Café, das Restaurant von Linas Eltern. Lina hat mir erzählt, dass sie ihre Vertretung in der Chinesisch-Schule erst mal abbestellt hat. Ihre Eltern finden es jedenfalls gut, dass Lina und ich gemeinsam lernen. Sie stellen auch keine Fragen, warum wir immer in demselben alten Buch lesen. Im Gegenteil. Manchmal kommt ihr Vater vorbei und streicht vorsichtig über die Seiten, als wäre es ein kostbarer Schatz. Dann sagt er so was wie »so viele Wörter« oder »unendlich viele Seiten«.

Ihre Mutter traut sich noch nicht mal, das Buch anzufassen. Sie sagt auch kaum etwas zu mir, und wenn, dann bittet sie Lina zu übersetzen. Aber sie sorgt immer dafür, dass etwas zu essen oder zu trinken auf dem Tisch steht.

Lina sagt, in China ist es nicht ungewöhnlich ganze Bücher auswendig zu lernen. Ihre Eltern mussten das ständig machen.

»Aber wir lernen das Buch doch nicht auswendig«, sage ich.

Inzwischen habe ich schon viel mehr gelesen als Lina. Sobald ich nach Hause komme, lege ich mich mit dem Buch ins Bett und lese weiter, bis ich einschlafe. Natürlich habe ich ein schlechtes Gewissen, dass Lina so nur die halbe Geschichte mitbekommt. Aber sie beschwert sich nie.

»Solange du das nicht meinen Eltern sagst«, murmelt sie und schiebt mir eine andere Variante des Milchshakes hin. Mango. Ich kann mich nicht erinnern jemals so viel gegessen zu haben wie diese Woche. Vielleicht stechen meine Hüftknochen bald nicht mehr so heraus. Das wäre toll.

Am Freitag ist Lina total hibbelig. Schon in der blauen Gruppe sehe ich, dass sie sich nicht auf ihr Buch konzentrieren kann. Sie wälzt die Seiten hin und her, als hoffte sie, darin eine Botschaft zu finden. Das wäre mal was, denke ich. Ausgerechnet hier in der Gruppe für Lernschwache erfährt das Team St. Claudia, Teilnehmer von *Londons Zirkel*, seine neue Aufgabe. Ich muss kichern.

Lina sieht mich böse an.

Freitagmorgens ist Hockey-Unterricht. Da bin ich wenigstens nicht die Schlechteste. Wir spielen ein Qualifikationsspiel und meine Mannschaft liegt zurück. Ich renne gerade mit dem Ball aufs Tor und habe fast freie Bahn, da schiebt mir Ella aus der Parallelklasse ihren Schläger durch die Beine. Ich knalle auf den Boden und der Ball geht am Tor vorbei. »Upsi«, sagt Ella und alle anderen grinsen, selbst die Mädchen aus meiner Mannschaft.

Miss Kramer hat mal wieder nichts gesehen. Meistens schaut sie während der Stunde auf ihr Smartphone. Jetzt, wo ich mich vom Boden aufrappele, sagt sie auch noch: »Tabby, so wird das nichts mit der ersten Mannschaft. Ein paar Tore mehr hätte ich schon von dir erwartet.«

In der Kantine treffe ich Lina, die mich anstrahlt. Es dauert nicht lange und ich kenne den Grund. Claudio steht hinter der Essensausgabe.

Jetzt fühle ich auch ein Kribbeln im Bauch. Am liebsten würde ich zu ihm rennen und ihn nach den Eisschirmen fragen. Lina scheint das zu ahnen und hält mich am Kleid fest. Sie legt warnend den Zeigefinger auf ihren Mund. Was für bescheuerte Regeln, denke ich.

Während der letzten Woche hat Lina ihr gesamtes Wissen über *Londons Zirkel* an mich weitergegeben. Dann war da auch noch das kleine silbrig glänzende Heft, das beim ersten Treffen ausgeteilt worden ist.

Mit einem hatte sie jedenfalls Recht: Der Wettbewerb ist wirklich bekannt. Sie hat mir Zeitungsartikel und Berichte aus dem Internet gezeigt. Der Wettbewerb findet immer im Herbst statt, aber den genauen Zeitpunkt weiß niemand.

Erst wenn ein Team gewonnen hat, kann man nachlesen, was alles passiert ist. Welche Fragen gestellt wurden und welche Schule wann ausgeschieden ist. Natürlich interessiere ich mich besonders für die Außenseiter-Schulen. In den letzten Jahren hat es nur einmal so ein Team unter die letzten drei geschafft. Gewonnen haben sie aber nicht.

Inzwischen kenne ich die Namen der Gewinner-Schulen King Edward's College, St. Christopher, Padlington Hall, Eastminster School und immer wieder Cobham House.

Natürlich fällt mir dabei der Junge mit den schwarzen Locken ein, der wie ein Premierminister aussieht. Ich nehme an, dass auch diesmal wieder seine Schule gewinnen wird, und finde das ganz in Ordnung so. Besser er als die anderen Streberteams.

Am meisten beunruhigt mich, dass in manchen Artikeln auch die Namen der Verlier genannt werden.

»Ich will auf keinen Fall meinen Namen in der Zeitung lesen, wenn wir in der nächsten Runde rausfliegen«, sage ich zu Lina.

Sie zieht ihre Augenbrauen so dicht zusammen, dass sie sich beinahe berühren. »Was redest du denn hier von ausscheiden? Wir gewinnen!«

Die Medien machen eine große Sache daraus, wie geheim der Wettbewerb abläuft. Dass keiner Hilfe bei Lehrern oder Eltern suchen darf. Ganz schön viele Teams sind deshalb schon disqualifiziert worden. Und noch viel öfter fliegen Teilnehmer raus, weil sie es erst gar nicht zum Treffpunkt schaffen. Die Rätsel dafür werden von Aufgabe zu Aufgabe schwieriger.

Über die Gewinner schreiben die Zeitungen am meisten. Darüber, was sie mit ihrem Preisgeld gemacht haben. Ein Junge hat sich zu Hause sein eigenes Chemielabor eingerichtet, in dem er künstlichen Blaubeerduft herstellen kann.

Vielleicht würden sie auch darüber schreiben, wie Mama und ich in Urlaub fahren – Gregg müssten sie ja nicht erwähnen. Aber das klingt natürlich weniger beeindruckend als ein Chemielabor. Linas Papageienzucht dagegen würde sich sicher toll machen in so einem Artikel.

Ein Schmerz in den Rippen lässt mich zusammenzucken. Lina hat ihren Ellbogen ausgefahren. Wir stehen vor der Essensausgabe.

»Wenn das nicht die zwei interessantesten Mädchen der Schule sind«, sagt Claudio und zwinkert uns zu. »Ich habe euch vermisst.«

Er reicht uns beiden ein Stück Pizza und eine Schüssel mit roter Götterspeise. Als wir zögernd die Tabletts weiterschieben wollen, ruft er: »Moment mal«, und gibt jeder von uns einen faustgroßen grauen Stein.

Ich will etwas sagen, aber Lina schubst mich schon weiter und ich kann gerade noch »danke« zwischen den Zähnen hervorquetschen, bevor sie mich in Richtung der Tische drängt.

»Was soll das denn bedeuten?«, frage ich, als wir uns in die hinterste Ecke gesetzt haben. Auf meinem Stein stehen nur drei Nummern. 15–9–4 in geraden schwarzen Ziffern.

Lina geht mit der Nase ganz dicht an ihren Stein heran, als wolle sie an ihm riechen. Es sieht ziemlich niedlich aus, wie sie dabei die Augen zusammenkneift. Sie erinnert mich an eine junge Katze, die jeden Moment erschrocken vor ihrer ersten Maus zusammenzucken könnte.

»15–9–4«, murmelt sie. »Das ist natürlich das Datum und die Uhrzeit. Nächsten Montag ist der fünfzehnte September und wir treffen uns wieder um vier Uhr.«

Mir ist das alles zwar nicht so klar, aber Lina ist die Schlauere von uns.

»Und wo?«, frage ich.

Sie hebt ihren Kopf und sieht mich prüfend an. So als wäre sie nicht sicher, ob ich gerade einen Witz gemacht habe. Dann atmet sie tief durch. »Das müssen wir erst noch herausfinden.«

Wenn man bei Google *Stein* eingibt, bekommt man 109 Millionen Treffer angezeigt. Lina hat nachgeforscht, um welchen Stein es sich handelt, aber das bringt uns auch nicht viel weiter. Die Millionen werden zu Hunderttausenden und bis Montag bleibt uns nicht mehr viel Zeit.

Wir sitzen den ganzen Nachmittag im Mandarin und trinken Milchshakes. Linas Vater kommt ab und zu vorbei und sieht uns besorgt an. Wir haben ihm erklärt, dass wir in der Schule gerade alles über Gesteinsarten lernen.

Er ist davon nicht besonders begeistert. »Wozu muss man das denn wissen?«, fragt er. »Lesen solltet ihr und rechnen. Vor allem rechnen. Was meint ihr, wie es mit dem Restaurant aussähe, wenn ich nicht rechnen könnte.«

»Wir bekommen eine gute Note, wenn wir alles über Steine wissen«, sagt Lina.

Das beruhigt ihn und er geht wieder in die Küche.

»Meine Eltern wollen, dass ich gute Noten bekomme und dann mit einem Stipendium auf eine bessere Schule gehen kann«, sagt Lina, als er weg ist. Dabei kaut sie auf ihrem Bleistift, an dem hinten schon der ganze Lack abgesplittert ist.

»Und dann?«, frage ich.

»Dann kann ich auf eine gute Uni gehen und dann bekomme ich einen guten Job«, sie spuckt kleine Lackteile vom Bleistift aus und legt sie auf eine Serviette. »Und dann«, sagt sie, »kann ich für meine Eltern sorgen, wenn sie alt sind.«

»Aber mit einem guten Job, in dem du viel arbeiten musst, hast du vielleicht keine Zeit, für sie zu sorgen«, sage ich und mein Strohhalm macht ein lautes Geräusch, als ich den Rest von meinem Milchshake aufsauge.

»Richtig«, sagt Lina und strahlt. »Deshalb wäre die Papageienzucht perfekt. Meine Forschungsergebnisse kann ich auch hier aufschreiben. Ich wäre immer zu Hause, wenn meine Eltern mich brauchen.« Sie dreht den Stein in der Hand hin und her, als könnte sie dadurch sein Geheimnis herausfinden. Ohne aufzusehen, fragt sie: »Wo ist eigentlich dein Vater?«

Einen Moment lang überlege ich, was ich sagen soll. Bei Lina habe ich manchmal das Gefühl, sie weiß sowieso schon alles, was passiert ist. Als hätte sie einen Röntgenblick.

»Er ist gestorben, aber das ist schon ein paar Jahre her.«

Der Stein bedeckt fast ihre ganze Handfläche. Sie legt ihn auf den Tisch. Und dann sagt sie gar nichts, aber die Art, wie sie mich ansieht, bedeutet mir viel mehr als die Worte *das tut mir leid*.

Über Papa reden ist, als würde ich von einem fremden Land erzählen. Ich kann beschreiben, wie es dort aussieht, von Farben, Gerüchen und Geräuschen erzählen, aber das ist einfach nicht gut genug.

Ich habe Angst, dass Worte meine eigenen Erinnerungen kaputt machen könnten. Dass ich mich zum Schluss nur noch an die Worte erinnere und nicht mehr daran, wie es wirklich war.

Mama macht sich ständig Sorgen, weil ich nicht über Papa reden will. Als hätte ich etwas Dunkles in mir vergraben, das ich nicht ans Licht lassen will. Ich kann nicht auf Knopfdruck über ihn reden. Aber manchmal fallen mir einfach so Dinge ein, an die ich lange nicht gedacht habe.

Seine Beerdigung zum Beispiel, bei der Jimmie und Gregg beide einen Anzug tragen mussten. Gregg hat den ganzen Tag kein Wort gesagt, aber in Jimmies Augen habe ich ab und zu ein paar Tränen gesehen. »Mach dir keine Sorgen, Schwesterchen«, hat er gesagt und mich in den Arm genommen. »Es wird alles gut.«

Natürlich war das gelogen, aber damals hat es sich gut angefühlt, in Jimmies Armen zu liegen und ihn in mein Ohr flüstern zu hören.

Nach Papas Tod wurde alles schlechter. Wir mussten aus unserem Haus ausziehen und Mama hat ihren eigenen Friseursalon aufgegeben. Geld hat sie dort sowieso nie verdient, sagte sie. Damals hatte ich das Gefühl, dass sie am liebsten Haare umsonst schneidet. Als dürfte sie für etwas, das ihr Spaß macht, nicht bezahlt werden.

»Einmal«, sage ich zu Lina und erschrecke über meine heisere Stimme, »war er mit mir auf dem London Eye, nur er und ich.«

Es war Papas Geburtstagsgeschenk. Das London Eye ist das größte Riesenrad, das man sich vorstellen kann, und es steht am Themse-Ufer. Mir war ganz schön schwindlig, so weit oben, aber Papa hat mich festgehalten und irgendwann habe ich mich getraut und an der Glaswand gelehnt, um auf die Stadt zu sehen, die Spielzeugstadt zu meinen Füßen.

Papa hat mir alle Gebäude gezeigt: den Turm von Big Ben, Buckingham Palace, das Arsenal-Stadion. Es gab keinen Fleck, den er nicht kannte. »Das ist meine Stadt, hier bin ich geboren, hier lebe ich«, hat er stolz gesagt und ich erinnere mich an die Menschen um uns herum, die vorher nur still zugehört hatten und dann heftig mit den Köpfen nickten. Er konnte die Leute in seinen Bann ziehen mit seinen Geschichten. Das war in der Kabine des London Eye nicht anders. Als wir unten ankamen, haben alle geklatscht und eine Frau hat ihre Hand auf meine Schulter gelegt: »Du hast ein Glück, ich wünschte, mein Vater hätte so tolle Geschichten gekannt.«

Und dann erzähle ich Lina alles, woran ich mich erinnere. Den Eiscremestand mit dem lila Dach vor dem Eingang, die ovale Kabine des London Eye, die Familie mit den drei blonden Söhnen, von denen der jüngste anfing zu weinen, als die Kabine aufstieg. Davon, wie Papa von alten Lords und Ladys zu erzählen begann, von den Arbeitern in den Docklands, von Schuhputzern und Bäckern, vom großen Londoner Feuer und den Wachen vor dem königlichen Palast. Ich erinnere mich auch, wie Papas Bartstoppeln in meinem Gesicht kitzelten, als er mich auf die Wange küsste und daran, dass er am Ende der Fahrt zu mir sagte: »Tabby, ein Tag mit deinem alten Vater und du lernst mehr als in einer Woche Schule.«

Lina nickt ernst. »Dein Vater hatte die richtige Einstellung. Ich lerne jedenfalls am besten, wenn ich nicht in der Schule bin. Ich wünschte, meine Eltern würden das auch verstehen.«

»Londons Zirkel«, murmele ich und sehe auf die beiden runden Steine, die vor uns liegen.

Ich schubse den Stein vor mir an, der daraufhin auf Linas Seite kullert.

»Heißt das eigentlich, dass alle Aufgaben mit London zu tun haben?«, frage ich Lina.

Sie nickt.

»Dann gib doch einfach Stein und London ein.«

Lina tippt so schnell in ihren Laptop, dass mir schwindlig wird. Sie schaut auf und zum ersten Mal wirft sie mir einen Blick zu, der vollste Bewunderung ausdrückt.

»Dass ich nicht selber darauf gekommen bin«, sie dreht den Laptop zu mir und ich sehe jede Menge Google-Treffer, alle mit derselben Überschrift: *Der Londoner Stein*.

Anders ist besser

Es ist fast zu einfach diesmal. Wir fahren mit der U-Bahn direkt nach der Schule zur Cannon Street und sind schon um kurz nach halb vier dort. Dass der berühmte Londoner Stein kaum sichtbar ist, überrascht uns nicht. So viel haben wir schon im Internet herausgefunden. Der Londoner Stein liegt verborgen hinter einem vergitterten Fenster in einer Häuserfassade. So weit unten, dass wir in die Knie gehen müssen, um den Stein in seinem Versteck zu entdecken.

Er ist etwa so groß wie ein Medizinball, früher war er wohl noch größer. Wir haben diesmal ganze Arbeit geleistet. Lina hat alles aufgeschrieben, was über den Stein in Erfahrung zu bringen war. Dass er uralt ist zum Beispiel, wahrscheinlich schon in London lag, als die alten Römer hier herrschten. Wie er lange Zeit auf der Straße stand, ein Denkmal war, dann in die Mauer einer Kirche eingebaut wurde. Als die Kirche im Krieg zerbombt wurde, hat man den Stein gerettet und in die Mauern des Gebäudes, vor dem wir jetzt stehen, eingebettet.

Deshalb wissen wir auch, dass sich in dem Gebäude heute ein Zeitungsladen befindet. Und natürlich gehen wir da rein. Ich bin mir ziemlich sicher, dort die anderen Teilnehmer zu finden, aber keine Menschenseele ist da. Dafür steigt mir der

Geruch von Papier und Druckerschwärze in die Nase und ich muss erst mal niesen.

Mit Raketengeschwindigkeit steuert Lina auf die erste Reihe von Regalen zu, wo ein ziemliches Durcheinander an bunten Heften herrscht. Die meisten Magazine haben Proben oder Spielzeug oder kleine Geschenke vorne aufgeklebt. Kein Wunder, dass man sie nicht mehr hintereinander in den Regalen aufstellen kann.

»Schau mal«, flüstere ich und halte Lina ein Heft hin, auf dem eine durchsichtige Schachtel mit zwei Froschohrringen klebt.

Lina würdigt mich keines Blickes. Sie fängt an Stapel vom Regal zu nehmen, weil sie hofft, das Loch mit dem Stein in der Wand zu finden. Die Idee ist gut, denn auf einem Bild im Internet haben wir gesehen, dass die Vitrine mit dem Stein auch vom Laden aus sichtbar ist. Andererseits müsste man dazu wohl das ganze große Regal verrücken.

»Sucht ihr was Bestimmtes?«

Wir zucken zusammen. Neben uns steht ein Junge, vielleicht so alt wie Jimmie, mit freundlichen grünen Augen und langen Wimpern. Seine blonden Haare sind etwas zu lang und ein paar Strähnen fallen über seine Stirn und die Augen bis auf seine Nase. Er trägt ein schwarzes T-Shirt mit dem Namen einer Band, von der ich noch nie gehört habe. *Slow Readers' Club*.

Ich würde gerne etwas sagen, bekomme aber leider keinen Ton heraus. Das geht mir öfter so. Nicht, weil ich nervös wäre, es ist eher so, dass mein Gehirn und meine Stimme nicht mehr miteinander verbunden sind.

Außerdem schaut der Junge nicht mich an, sondern er mustert Lina. An seinem T-Shirt ist ein Anstecker, auf dem Darren steht. Mir gefällt sein Name.

»Wir würden gerne den Londoner Stein sehen«, sagt Lina und klingt dabei ganz schön frech. Es ist ja nicht gerade so, als wären wir hier im Museum, zumindest wenn man die Zeitschriftenstapel auf dem Boden betrachtet.

Der Junge seufzt ganz laut. »Die haben das Regal extra davorgeschoben. Es kamen einfach zu viele Leute, um den Stein anzuschauen. Die standen dann hier rum und haben den Korridor blockiert. Gekauft haben sie aber nichts und den echten Kunden war es zu wuselig. Die sind dann einfach zu dem Laden gegenüber an der U-Bahn gegangen.«

Er dreht sich zu mir um, doch leider ist meine Stimme immer noch nicht bereit zu reden. »Wisst ihr«, er lächelt, »das hier ist ja schließlich ein Zeitungsladen und kein Museum.«

»Genau«, sage ich, strahle ihn ziemlich dämlich an und wünsche mir, meine Stimme hätte noch etwas länger gestreikt.

»Jedenfalls ist hier nicht gerade viel los«, sagt Lina und rümpft ihre Nase, als sie ihren Blick durch den leeren Laden wandern lässt.

»Unsere Kunden arbeiten noch. Wartet mal, bis die Börse schließt. Dann wimmelt es hier nur so von Menschen. Alle in Anzügen und mit Aktentaschen und die haben es supereilig. Dann könnte ich nicht mehr rumstehen und mit euch quatschen.« Er hält mir eine Schachtel mit Kaugummis entgegen, und ich nicke und strecke meine Hand aus. Mit seinen langen Fingern klopft er auf die Schachtel und zwei kleine Rechtecke schießen heraus, die ich gerade noch auffangen kann.

Dann hält er Lina die Schachtel hin, aber sie schüttelt den Kopf.

»Haben in den letzten Tagen oder heute noch mehr Leute nach dem Stein gefragt?« Sie klingt jetzt sehr freundlich, aber ich durchschaue ihren Plan sofort. Wie eine Detektivin im Fernsehen versucht sie herauszufinden, ob die anderen Teilnehmer schon hier waren.

Darren antwortet nicht. Er dreht sich um und geht zur Kasse. »Wartet mal«, ruft er dabei.

Dann kommt er zurück und räumt die Magazine wieder ins Regal. »Musste nur kurz die Kameras ausschalten«, erklärt er. An der Wand neben dem Regal befindet sich ein kleiner silberner Schalter. »Das hier«, sagt er und drückt auf den Schalter, »darf ich nämlich eigentlich nicht machen.«

Das Regal quietscht und wackelt, ein paar Hefte fallen heraus, aber es fährt langsam nach vorne in unsere Richtung, wie von unsichtbaren Händen geschoben.

»So«, sagt Darren. »Kommt mal her.«

Er drückt einen weiteren Schalter, der vorher durch das Regal verdeckt war, aber das wäre nicht nötig gewesen. Lina und ich haben die in Gold gerahmte Vitrine bereits entdeckt. Jetzt ist sie erleuchtet. Es ist die Rückseite der Außenmauer und wir können den Stein vollständig sehen. Es könnte auch ein Felsen vom Mond sein. Er hat viele Krater und Risse, seine Farbe ist irgendwas zwischen Hellbraun und Ockergelb. Ein ganz gewöhnlicher Stein, aber die Menschen glaubten lange Zeit, dass er magische Kräfte hat.

»Seid ihr zufrieden?«, fragt Darren. Er klingt ein wenig genervt, dabei hatten wir ihn ja nicht mal gebeten, uns den Stein zu zeigen. Lina kritzelt heftig auf ihrem Block und die Zeichnung darauf sieht dem echten Stein verdammt ähnlich.

»Ihr müsst die Letzten sein«, Darren bläst sich eine Haarsträhne auf dem Gesicht und streckt den Arm aus, um an den Schalter an der Wand zu kommen.

»Das heißt, alle anderen waren schon da?«, rutscht es mir heraus und ich höre wie Lina nach Luft schnappt.

Darren drückt auf den Schalter. »Yup, ihr gehört zu den eifrigen Musterschülern, die an der Veranstaltung teilnehmen. Womit wir gleich bei der Botschaft wären, die ich euch übermitteln soll. Euer Treffen findet im Café Hunter statt, ein Haus weiter. Ziemlich edler Laden, wenn ihr mich fragt. Die Tatsache, dass es heute Nachmittag fürs Publikum geschlossen wurde, damit ihr eure Privatveranstaltung dort abhalten könnt, spricht Bände. Zum Glück bekomme ich meinen Kaffee woanders.« Er zeigt auf eine Maschine neben der Kasse. Ein viereckiger Kasten, auf den das Bild einer Tasse aufgeklebt ist, aus der es dampft. Das Schild löst sich an den Seiten schon ab und oben auf dem Metall hat sich Rost angesetzt.

Ich weiß nicht genau, was ich sagen soll. Laut Lina und den Spielregeln darf ich mit Darren nicht über *Londons Zirkel* reden, aber es stört mich, wenn er glaubt, ich gehöre zu einer Gruppe von Snobs, die in teuren Cafés herumhängen.

»Es ist nicht so … also, normalerweise …«, stammle ich, aber Lina schubst mich an und macht ein vorwurfsvolles Gesicht. Fehlt nur noch, dass sie den Zeigefinger auf den Mund legt.

Jetzt muss Darren lachen. »Nein, ihr zwei seht definitiv anders aus.« Wenn er *anders* sagt, klingt es freundlich. So wie

Jimmie *cool* sagen würde, wenn ich ihm erzähle, dass ich die Schule geschwänzt habe.

»Ich habe bloß keine Lust mehr, für irgendwelche Schnösel das Regal zu verschieben. Und zwanzig Pfund waren auch nicht gerade üppig. Abgesehen davon waren mir eure Lehrer, oder wer auch immer sie sind, nicht unbedingt sympathisch. Wenn mich jemand so artikuliert zutextet, denke ich immer, die halten mich für blöd.«

»Interessant«, sagt Lina und kritzelt wieder auf ihrem Block. »Sie geben dir also Geld dafür, dass du uns in die richtige Richtung schickst?«

»Viel zu wenig für den Aufwand«, sagt Darren. Er geht zu einem der vorderen Regale, nimmt sich eine Tüte Bonbons, reißt sie auf und hält sie mir entgegen. »Eigentlich sollte ich euch mit einem Rätsel auf das Café aufmerksam machen. Das ist mir jetzt aber wirklich zu blöd. Die komischen Zwillinge habe ich übrigens in die falsche Richtung geschickt. Nach rechts in den Pub.« Er grinst über das ganze Gesicht und ich sehe fasziniert, dass er, genau wie Jimmie auch, tiefe Grübchen hat, wenn er lacht.

»Waren am Anfang beide hier – Mrs Dorsett und Mr Moore?«, frage ich.

»Sie haben sich nicht vorgestellt«, sagt Darren und schüttelt den Kopf. »Die Frau war alt, mindestens fünfzig, und hatte Lippen so schmal wie Bindfäden und der Mann war eigentlich ganz freundlich. Zu freundlich, wenn du mich fragst. Solche Leute sehe ich hier oft. Die reden übertrieben nett mit dir, aber dann drehen sie sich um und sagen in ihr Smartphone so was wie *Sofort entlassen, den Mann* oder *Dann sägt die Bäume eben ab, gibt doch genug davon.*«

Ich nicke heftig, obwohl ich keine Ahnung habe, was Darren meint. Dabei kaue ich angestrengt gleichzeitig auf dem Kaugummi und dem Bonbon, das entsetzlich scharf schmeckt und Eukalyptus bis in den letzten Winkel meines Hirns pustet, so dass ich es am liebsten wieder ausspucken würde.

»Hast du vielleicht gehört, worüber *unsere Lehrer* sich unterhalten haben?«, fragt Lina und sieht von ihrem Block auf. Den Stift in der Hand hält sie gezückt, jederzeit bereit weitere Informationen aufzuschreiben.

»Du meinst, ob ich sie belauscht habe?« Darren neigt den Kopf zur Seite und mustert Lina mit einem undurchsichtigen Blick.

Sie lässt nicht locker. »Ich glaube, du bist sehr aufmerksam. Vielleicht ist dir neben den Dingen, die du uns sagen *sollst*, noch etwas anderes zu Ohren gekommen.«

Hinter uns ertönt eine Klingel und ein Mann im Anzug mit Trenchcoat kommt durch die Tür. Er nimmt eine Zeitung aus dem Regal und steuert direkt auf die unbesetzte Kasse zu.

Darren drückt mir die Bonbontüte in die Hand. »Sie waren sich nicht einig. Haben irgendetwas diskutiert. Hatte mit einem Buch zu tun. Er hat gesagt, *heute scheiden diejenigen aus, die das Buch nicht gelesen haben.* Und sie hat gesagt, *vielleicht haben es ja alle gelesen.* Dann hat der Mann gesagt, *das würde mich sehr wundern.*«

Inzwischen ist noch ein weiterer Kunde in den Laden gekommen und hat sich hinter dem anderen Mann an der Kasse angestellt.

Darren hat es nicht besonders eilig. Langsam schlendert er in Richtung Kasse. Plötzlich bleibt er stehen und dreht sich zu uns um. »Wisst ihr, dass es mal einen berühmten Astrologen gab, der glaubte, der Londoner Stein verleiht magische Kräfte?«

Ich schüttele den Kopf.

»Er hieß John Dee. Vielleicht hatte er ja Recht. Ihr hättet jedenfalls magische Kräfte verdient, weil ihr anders seid. Ich drücke euch die Daumen.«

Was Darren erzählt hat, stimmt. Das Café ist so was von vornehm, dass ich sofort an meine schmutzigen Schuhe denken muss. Und weil die meisten anderen wieder vor uns da sind, starren uns natürlich alle an.

Außer uns ist nur noch ein Mädchen dabei, das Eichhörnchen-Mädchen. Sie ist, glaube ich, in Team Eastminster zusammen mit einem schmächtigen Jungen, der aussieht, als würde es ihn bei einem starken Windstoß sofort umhauen. Sie mustert mich durch ihre dicken Brillengläser und ich sehe, wie enttäuscht sie ist, dass wir es rechtzeitig hierher geschafft haben.

Jemand stößt die Tür hinter uns auf. Es sind die indischen Zwillingsbrüder, die Darren in die falsche Richtung geschickt hat. Wahrscheinlich haben sie uns auf der Straße gesehen und sind uns gefolgt. Schade eigentlich, sonst hätten wir jetzt ein Teilnehmerpaar weniger.

Der Einzige, der mich freundlich ansieht, ist der große schwarzhaarige Junge von Team Cobham House. Er sieht wirklich gut aus. Seine Haut ist vielleicht ein bisschen blass, aber seine grünen Augen strahlen dafür umso mehr. Sein Teamkollege ist mindestens einen Kopf kleiner, blond und hat wirklich überall im Gesicht Sommersprossen. Er sieht aus wie eine eigenartige Giraffenart.

Bevor ich weiter darüber nachdenken kann, steht der große Junge vor mir. »Hi, toll, dass ihr es rechtzeitig geschafft habt«, sagt er und streckt mir seine Hand entgegen. »Ich bin Jake, wir haben uns letztes Mal nicht vorgestellt.«

Ich überlege, wann ich das letzte Mal jemandem die Hand geschüttelt habe. Es muss der Priester gewesen sein.

Jakes Hand ist angenehm kühl und ich merke, dass meine Handflächen mal wieder feucht sind. Jetzt, wo er so nah vor mir steht, bemerke ich seinen Geruch nach Holz und Gras. Ich wundere mich, wie das möglich ist, mitten in der Stadt.

»Ja«, sage ich und suche nach Worten. »Ich finde es auch schön, dass ihr es geschafft habt.«

Jake lacht. Es hört sich ein bisschen so an, als würde man eine Cola-Dose öffnen. »Ich glaube, das erwartet man von uns. Cobham House hat den Wettbewerb immerhin drei Jahre in Folge gewonnen.« Er dreht sich zu Lina und wirft einen Blick auf ihren Block, auf dem die Skizze des Londoner Steins zu sehen ist. »Offenbar hattet ihr auch eine Privataudienz. Eine tolle Zeichnung …«

Ich versuche zu lächeln, aber insgeheim hatte ich gehofft, Darren hätte nur uns den Stein gezeigt.

»Ganz schön erstaunlich, was man als Teilnehmer so alles entdecken kann«, sagt er. »Schöne Haarspange«, er deutet mit seinem Zeigefinger auf meinen Kopf.

»Oh«, sage ich und schaue auf den Boden. Der Schmetterling auf dem Haarclip ist zu groß und ein Flügel ist abgebrochen. Ich hatte heute Morgen nichts anderes gefunden, um die Haarsträhne, die mir immer ins Gesicht fällt, festzustecken.

Auf einmal ertönt eine Art Gong. Und es wird mucksmäuschenstill. Mrs Dorsett und Mr Moore haben wieder ihr Pult mitgebracht. Erst jetzt fällt mir das kleine Wappen darauf auf. Es ist blau mit einem goldenen Kreis, in dessen Mitte sich ein verschnörkeltes Z befindet. Das Pult steht am anderen Ende des Raums vor einer großen Tafel, auf der mit Kreide die Tagesgerichte aufgelistet sind.

Mr Moore macht eine Handbewegung, die anzeigt, dass wir uns setzen sollen. Es knarzt und quietscht, als alle Teilnehmer an den schweren Barhockern ziehen, die um einen großen Holztisch mit langen Metallbeinen platziert sind.

»Willkommen zur zweiten Runde von *Londons Zirkel*«, sagt Mrs Dorsett, als alle sitzen. »Wir freuen uns, euch wieder begrüßen zu dürfen. Auch wenn wir uns nach der heutigen Runde wieder von einem Team verabschieden müssen.«

Ihre Lippen sind so schmal, wie Darren sie beschrieben hat, und es ist faszinierend zu beobachten, was für heftige Bewegungen sie beim Sprechen machen. Der Rest von ihrem Gesicht bleibt dabei regungslos.

»Ohne Zweifel habt ihr inzwischen viel über den Londoner Stein in Erfahrung gebracht. Und – davon gehe ich aus – ihr habt ihn auch alle gesehen. Ich lese euch fünf Fragen vor, deren Antworten ihr auf die Zettel notiert, die gerade verteilt werden. Vergesst nicht, den Namen eures Teams darauf zu vermerken.« Mrs Dorsett lässt uns keine Zeit zum Nachdenken. Mit der Bestimmtheit eines Messerwerfers schleudert sie eine Frage nach der anderen in den Raum.

»Aus welcher Zeit stammt der Stein?«

Lina schreibt irgendwelche Ziffern auf.

»Welche historische Erklärung soll 1450 am Londoner Stein abgegeben worden sein und wie kam es dazu?«

Ich schaue zu Jake, der mir gegenübersitzt. So stumm wie ich selber. Auch er überlässt es seinem Teamkollegen, die Fragen zu beantworten. Er hebt leicht seine Hand und es sieht so aus, als würde er mir zuwinken. Ich lächle und merke, dass mir ganz warm wird.

Mrs Dorsett ist schon bei Frage vier und plötzlich stößt Jakes Teamkollege ihn an. Jake nimmt den Zettel und schreibt eine Antwort auf. Danach sieht er wieder zu mir. Der Junge neben Jake nickt anerkennend.

Ich schaue zu den anderen Teams. Die indischen Zwillinge diskutieren heftig miteinander. Das Mädchen mit der Brille hält ihren Kopf mit beiden Händen. Ihr Teampartner presst die Lippen aufeinander.

Dann sind da noch der Koreaner und der Junge, der immer vornübergebeugt läuft. Sie scheinen alle Fragen schnell zu beantworten.

»Wir kommen zur letzten Frage«, sagt Mrs Dorsett schließlich. »Dabei wird sich zeigen, wer von euch den Wettbewerb wirklich ernst nimmt.«

Ziemlich komische Ankündigung, finde ich und drehe mich zu Lina. Sie kaut auf dem Stift, und ich kann nicht erkennen, ob sie besorgt ist. Und auf einmal bin ich nervös. Die ganze Zeit über hatte ich das Gefühl, Lina wird das schon machen. Ich kann mich auf sie verlassen. Aber warum fange ich dann an schneller zu atmen, warum klopft mein Herz so laut?

»Nicht weit von hier lebte eine Romanfigur von Charles Dickens im berühmten Adelphi-Gebäude und muss viele Male hier vorbeigegangen sein, als der Stein noch in der Mitte der Straße stand. Erstens: Von wem spreche ich? Und zweitens: Wie hieß die Frau, die der Romanfigur ein Zimmer vermietete?«

Ein Raunen geht durch das Café. Dann fangen alle an aufgeregt zu flüstern. Jake fährt sich mit beiden Händen durch die Haare, bevor er ziemlich laut auf den Tisch haut.

Der Gong ertönt und alle sehen nach vorne, wo Mr Moore versucht sich Gehör zu verschaffen. »Ich muss doch sehr bitten! Es handelt sich um eines der wichtigsten Werke von Dickens, deshalb gehen wir davon aus, dass es euch bekannt ist. Um es etwas spannender zu machen: Das Team, das auch den zweiten Teil der Frage beantworten kann, wird in dieser Runde nicht ausscheiden.«

Lina ist in eine Art Schockstarre gefallen. Ich sehe alle anderen Teams miteinander sprechen. Jake grinst von einem Ohr zum anderen, der Junge mit dem krummen Rücken hört nicht auf sich die Augen zu reiben.

»Lina«, flüstere ich. »Du musst wenigstens irgendwas aufschreiben.«

Sie schaut nicht mal auf. »Ich habe keine Bücher von Dickens gelesen, nur eins teilweise. Mit dir zusammen, wie du dich vielleicht erinnerst.«

Und auf einmal fühlt es sich so an, als würde mein Kopf vibrieren. Wie ein Hubschrauber. Sogar meine Hände fangen an zu zittern. Natürlich, jetzt ergibt alles einen Sinn. Es war kein Zufall, dass Schwester Greta mir das Buch gegeben hat. Aber wie konnte sie nur denken, dass ich es wirklich lese?

Während Mr Moore die letzte Minute ankündigt, ziehe ich das Blatt mit den Antworten unter Linas Händen hervor. Ich greife nach dem Stift und es kommt mir vor, als wäre er tonnenschwer. Es ist fast unmöglich, ihn in meiner Hand zu halten.

Aber dann fange ich an. Unendlich langsam und mit zittriger Schrift habe ich gerade den letzten Buchstaben geschrieben, als der Gong ertönt und mir jemand den Zettel unter den Fingern wegzieht.

Ein ungeheurer Vorwurf

Mr Moore und Mrs Dorsett sitzen an einem kleinen Tisch und haben die Köpfe zusammengesteckt. Die anderen Teilnehmer stehen beieinander und diskutieren die Fragen. Ich sehe, wie das Mädchen mit der Brille sich die Haare rauft und aufstöhnt.

Jake steht in der Mitte der Runde. Mal lacht er, mal sieht er bedauernd auf jemanden hinab, dann klopft er einem der Zwillinge auf die Schultern.

Als er merkt, dass ich ihn beobachte, grinst er in meine Richtung. Aber ich bleibe bei Lina. Sie ist mal wieder stumm. Und diesmal ist das kein gutes Zeichen. Sie wollte nicht mal von mir wissen, was ich auf den Zettel geschrieben habe.

Mr Moore braucht eine Weile, um Ruhe in den Raum zu bringen. Er stößt zwei Gläser aneinander und das Gemurmel ebbt ab, wie eine Welle, die im Sand versinkt.

»Was für eine außergewöhnliche Runde«, beginnt er, sein Gesicht sieht aus wie ein runder Mond mit einem breiten Mund. »Wir haben zwei Teams, die die volle Punktzahl erreicht haben. Es sind Cobham House und St. Christopher.«

Jake und sein Partner klatschen sich ab, die Zwillinge fallen sich um den Hals. Sie lösen sich aber gleich wieder voneinander, als wäre es ihnen peinlich.

»Dann hätten wir ein Team mit neun Punkten. Ihr konntet bedauerlicherweise die letzte Frage nicht beantworten.« Er sieht von seinem Blatt auf, senkt den Kopf und schüttelt ihn dann leicht. »Es ist Team Eastminster.«

Ein kleiner Jubelschrei durchfährt den Raum und das Brillenmädchen fängt an zu kichern, weil alle es anstarren.

Neben mir spüre ich, wie Lina immer kleiner wird. Sie versinkt fast in den Boden. An irgendeinen Ort, an dem keiner sie mehr finden kann.

»Und jetzt«, Mr Moore räuspert sich, »komme ich zu dem heiklen Punkt dieser Runde. Eines der übrigen Teams muss ausscheiden. King Edward's College erreichte acht Punkte, St. Claudia nur sieben.«

Jake legt dem Koreaner von King Edward's College die Hand auf die Schulter und blickt zu mir hinüber. Er runzelt leicht die Stirn und sein Mund formt das Wort *sorry*. Das Einzige, woran ich denken kann, ist Lina. Eine Sekunde lang befürchte ich, der Erdboden hat sie tatsächlich verschluckt, doch sie steht noch neben mir. Bewegungslos wie eine Statue starrt sie nach vorne. Sie tut mir schrecklich leid und ich möchte sie in die Arme nehmen. Ihr erklären, dass sie irgendwann bestimmt das Geld für ihre Papageienzucht bekommt. Dass es nicht so schlimm ist, hier auszuscheiden. Dass wir sowieso nicht hierher gehören.

Mr Moore schlägt wieder die Gläser gegeneinander, aber es hilft nichts, alle reden durcheinander. Und dann ertönt der lauteste, schrillste Pfiff, den ich je gehört habe. Er kommt von Mrs Dorsett.

»Ruhe jetzt«, ruft sie. »King Edward's College scheidet aus, denn St. Claudia hat die letzte Frage vollständig richtig beantwortet. Es geht natürlich um *David Copperfield* und seine Vermieterin Mrs Crupp. King Edward's College wusste nicht einmal, um welches Buch es sich handelt. Vielleicht lernen die anderen Teams daraus, auf Hinweise während des Wettbewerbs zu achten. Wenn euer Direktor euch nahelegt ein Buch zu lesen, solltet ihr dieser Aufforderung auch folgen.«

Auf einmal höre ich nichts mehr außer meinem Atem und meinem Herzschlag. So still, dass man das Trippeln einer Maus am anderen Ende des Raums wahrnehmen könnte. Es ist die Stille vor dem Orkan.

Lina will einfach nur ihre Sachen packen und rausgehen, aber auf einmal steht Jake vor uns. In seiner vollen Größe. Größer als Gregg, fast so groß wie Jimmie. Und nichts, aber auch gar nichts erinnert mehr daran, wie freundlich er vorhin noch zu mir war.

»Ihr geht jetzt nach vorne und erklärt, wie ihr das gemacht habt«, sagt er und verschränkt die Arme.

Lina will sich an ihm vorbeidrücken, aber er hält sie fest.

»Was meinst du damit?«, frage ich mit dünner Stimme. Inzwischen stehen die anderen Teilnehmer um uns herum.

»Irgendjemand muss euch die Sache mit *David Copperfield* verraten haben. Oder woher kanntest du sonst die Antwort?«

Ich hole tief Luft. »Sieht ja wohl so aus, als hätten wir alle das Buch zugesteckt bekommen.«

Mir fällt Schwester Gretas mitleidiges Gesicht ein, als sie mir das Buch überreicht hat. Ob sie jemals damit gerechnet hat, dass ich es tatsächlich lesen werde? Jetzt sollte sie mal hier sein.

Einige murmeln vor sich hin und das Brillenmädchen nickt heftig mit dem Kopf.

»Richtig«, sagt Jake. »Die Sache ist nur, jemand muss dir oder deiner Freundin erzählt haben, dass nach dem Adelphi und seiner Vermieterin gefragt wird. Vielleicht der Typ aus dem Zeitungsladen, der kam mir gleich so verdächtigvor.«

Mir ist heiß und ich merke, wie mein Gesicht glüht. »Das stimmt nicht«, sage ich. »Ich habe das Buch gelesen und mich an die Stelle erinnert.«

Jetzt lacht Jake auf. »Wer soll dir das denn bitte glauben? Ich habe dich schon beim letzten Mal beobachtet. Deine Freundin hier schreibt und liest vielleicht. Alles, was du machst, ist Löcher in die Luft starren. Aber bitte«, er greift in seinen Rucksack, »dann zeig doch mal«.

Er hält mir seine Ausgabe von David Copperfield entgegen. Genauso alt und zerfleddert wie das Buch von Schwester Greta. Und er schleppt es tatsächlich mit sich herum.

Alle beobachten uns, auch Mr Moore, und er greift nicht ein. Er lässt Jake einfach weitermachen. »Wo steht denn nun was über das Adelphi? Lies doch mal vor.«

Selbst wenn ich schneller lesen könnte, es wäre unmöglich, sofort das richtige Kapitel zu finden. Ich kann mich an die Geschichte erinnern, an alle Einzelheiten, aber doch nicht an die Seitenzahlen! »Irgendwo in der Mitte«, murmele ich und merke, dass Lina an meinem Arm zieht. Ich folge ihr ein paar Schritte in Richtung Ausgang, aber Jake hat nicht vor uns so einfach gehen zu lassen. Er stellt sich mir in den Weg.

»Gib zu, dass ihr betrogen habt. Irgendjemand hat euch den

Tipp gegeben. Ihr hättet das niemals alleine geschafft ...« Die anderen johlen und der Koreaner fängt an zu klatschen, und erst jetzt versucht Mr Moore Jake zu beschwichtigen.

»Sollte es irgendeine Form von Betrug geben, werden wir das herausfinden.«

Ich spüre kaum, dass Lina mich weiter hinauszieht, und lasse es mit mir geschehen. Denn ich will nur noch weg von hier. Ich will diese Leute nie wiedersehen.

Die U-Bahn rattert und quietscht. Ich atme den Pfirsichgeruch von Linas Haaren ein. Mein Kopf liegt auf ihrer Schulter und ich schmecke immer noch das Salz von den Tränen, die über mein Gesicht laufen. Sachte tupft Lina sie ab und drückt mir ein weißes rundes Bonbon in die Hand.

Der süße, milchige Geschmack verbindet sich mit dem Salz meiner Tränen.

Die ganze Zeit hat sie kein Wort gesagt. Lina und ich, wir müssen nicht reden, um uns zu verstehen.

»Es tut mir so leid«, sagt sie schließlich, auch wenn ich das längst weiß. Sie muss sich schlecht fühlen, schließlich war sie so sicher alle Fragen beantworten zu können. Und diesmal hat sie mehr als einen Fehler gemacht. Dann ist da auch noch das Buch. *David Copperfield*. Ich hätte wissen müssen, dass damit was faul ist. Schwester Greta, die ausgerechnet mir diesen Schinken anvertraut. Aber wir haben es beide nicht begriffen. Wenn wir nur ausgeschieden wären. Dann hätte ich nicht gesehen, wie Jakes Gesicht sich plötzlich verwandelt hat. Wie wütend er war. Alle wissen, dass wir nicht dazugehören. Wir haben nichts zu tun mit *Londons Zirkel*.

»Mir tut es auch leid«, sage ich und vergrabe meinen Kopf tiefer in Linas Haaren.

Ich laufe alleine von der U-Bahn nach Hause. Wenn ich einfach so tue, als wären wir heute nicht beim Londoner Stein gewesen, wenn ich den ganzen Wettbewerb einfach vergesse …

Mir ist klar, dass Lina jetzt auch nicht mehr weitermachen will. Wir werden einfach den nächsten Hinweis ignorieren. Uns nicht mehr blickenlassen. Dann können die anderen alleine weitermachen. Und ich könnte Lina vielleicht mit den Papageien helfen. Nachmittags mit ihr in den Zoo gehen. Ich habe zwar keine Ahnung, wie ich das Geld dafür auftreiben soll, aber der Gedanke daran heitert mich etwas auf.

Vielleicht lächle ich sogar ein bisschen, als ich die Haustür aufmache.

Manchmal merkt man schon vorher, dass etwas nicht stimmt. Bevor man es eigentlich merken könnte. Wie damals, als die Direktorin der Grundschule in mein Klassenzimmer kam. Schon bevor sie mich angeschaut hat, wusste ich, dass etwas passiert war. Es war der Tag des Unfalls.

Genau wie damals ist Mama zu Hause und wartet auf mich. Viel zu früh, denn sie hat heute Morgen noch gesagt, sie müsste Betsy helfen. Und als ich in ihr Gesicht sehe, weiß ich, dass etwas Schlimmes passiert ist.

»Wo warst du?«, fährt sie mich an. In ihrem Gesicht sind ein paar weiße Flecken zu erkennen. Vielleicht Mehl.

»Lernen«, antworte ich. Mamas Augen blitzen kurz auf und

ich fürchte, dass mich heute zum zweiten Mal jemand Lügnerin nennen wird.

Aber sie überlegt es sich anders. So, als wäre es ihr zu anstrengend, wütend zu werden.

»Es geht um Jimmie«, sagt sie. »Er steckt in Schwierigkeiten.«

Wenn Jimmie ins Zimmer kommt, fängt die Sonne an zu scheinen, hat meine Oma immer gesagt. Und dass er das von meinem Vater hat. Jimmie muss sich nie besonders anstrengen. Die Lehrer haben ihm immer gute Noten gegeben, auch wenn er nicht gelernt hatte. Genau genommen ist es ein Wunder, dass er die Schule überhaupt abgeschlossen hat. Die meiste Zeit ist er nämlich mit seiner Musik beschäftigt.

Jimmie spielt Keyboard, aber seit ein paar Monaten ist er auch DJ und legt Musik auf in einem Club in der Stadt.

Mama will nicht, dass er mir davon erzählt, damit ich nicht auf dumme Gedanken komme. Sie sagt, Musikauflegen ist kein Job und Geld verdienen kann man damit auch nicht. Aber wenn ich Jimmie sehe, nimmt er mich in den Arm, zieht mich aufs Sofa und erzählt stundenlang von seiner Musik oder summt sie mir vor.

Mama lehnt sich zurück. Jetzt erst sehe ich, dass die Haut unter ihren Augen ganz rot ist und glänzt. Sie reibt sich mit dem Handrücken über die Mehlflecken und starrt dann auf ihre Hände, als versuche sie sich an etwas zu erinnern.

»Was ist denn los?«, frage ich sie und sie sieht mich nicht an, als sie antwortet.

»Er ist mit einem Freund in Mr Nias Geschäft eingebrochen.«

»Den Elektronikladen?«, frage ich, obwohl ich genau weiß, um welchen Laden es geht. Mr Nia hat ein kleines Geschäft und eine Werkstatt in der Straße, die immer noch alle die Highstreet nennen. Inzwischen gibt es dort kaum noch Geschäfte, abgesehen von einem Zeitungsladen, zwei Ein-Pfund-Geschäften, einem winzigen Supermarkt und eben Mr Nias Laden. Alles andere hat geschlossen oder es ist inzwischen ein Imbiss eingezogen.

Mr Nia wohnt über seinem Laden und meistens kann man unten das Getrampel seiner beiden kleinen Söhne hören, die anscheinend den ganzen Tag lang auf und ab springen.

Ich bin ziemlich oft bei Mr Nia, denn er verkauft auch Glühbirnen, Fahrradlampen und Staubsaugerbeutel. Außerdem muss ich ihm ständig Sachen zum Reparieren bringen. Er hat sogar Greggs Smartphone wieder in Gang gebracht, obwohl es ein uraltes Modell ist und längst zum Elektroschrott gehört. Ich glaube, Gregg kaut heimlich an den Ecken, die total abgewetzt aussehen.

»Was wollte er denn bei Mr Nia klauen?«, frage ich, denn ich kann mir beim besten Willen nicht vorstellen, was es dort zu holen geben könnte.

»Eine Soundanlage«, sagt Mama und schüttelt langsam den Kopf. »Ollie hat davon gehört und er und Jimmie haben beschlossen sie zu klauen.« Es klingt so, als würde sie immer noch nicht begreifen, was eigentlich passiert ist.

»Es sieht übel aus, Tabby«, sie schaut mir in die Augen. »Mr Nia will Anzeige erstatten. Und wenn Jimmie erst mal vorbestraft ist …«

Der Rest des Satzes geht fast unter in ihrem Geschluchze, denn Mama hat angefangen zu weinen. Aber ich verstehe trotzdem: »… dann ist alles vorbei. Dann habe ich ihn auch noch verloren.«

Die ganz große Dummheit

Der Geruch nach Öl und angebranntem Fisch lässt mich kurz innehalten, nachdem ich die Tür zum Laden aufgestoßen habe. Mr Nia steht hinter der Theke und beugt sich tief über eine offene Blechdose, aus der jede Menge Drähte hervorquellen. Einen Moment lang fürchte ich, sein oranger Turban könnte abfallen. Dann wüsste ich endlich, wie lang seine Haare sind, von denen ich nur den tiefschwarzen Ansatz oberhalb der Stirn erkennen kann.

Erst als ich direkt vor der Theke stehe, bemerkt er mich. »Die fertigen die Festplatten heutzutage so, dass sie kein Mensch mehr reparieren kann. Die Schrauben an diesem Ding sind winzig, ich habe sie kaum abbekommen.« Über seinen Lippen sprießen ein paar vereinzelte dunkle Barthaare.

»Ich bin wegen Jimmie hier«, sage ich. Es fällt mir ziemlich schwer und ich habe lange überlegt, wie ich anfangen soll. Mir ist nichts Besseres eingefallen.

Mr Nia richtet sich auf. Er zieht eine Augenbraue nach oben. Darüber türmen sich jede Menge Falten.

»Ah, ich erinnere mich. Du bist die Schwester. Erstaunlich, wie ähnlich du deiner Mutter siehst. Ihr habt doch noch einen Bruder. Den mit den Sommersprossen, der immer …«

Ich verziehe das Gesicht. »Das ist Gregg«, sage ich. »Der macht immer nur Mist.«

»So«, sagt Mr Nia streng und seine schwarzen Augen werden noch ein bisschen dunkler. »Was dein anderer Bruder gemacht hat, ist aber schlimmer als Mist. Es ist kriminell.«

Irgendwie ist es komisch und traurig zugleich, dass ich Jimmie verteidigen muss. Aber ehrlich gesagt, wenn es um Gregg ginge, wäre ich vermutlich gar nicht hier. »Das war einfach eine ganz dumme Idee«, fange ich an. »Und es ist doch auch nichts passiert. Sie haben sie ja erwischt.«

»Pah!«, ruft Mr Nia. »Nichts passiert. Was denkst du wohl, wie das ist, wenn man nachts aufwacht und unten Einbrecher hört? Ich habe zwei kleine Kinder. Meine Frau hat sich zu Tode erschreckt. Sie will hier nicht mehr wohnen. Aber wo sollen wir denn hingehen? Ich kann ja kaum die Raten für den Laden bezahlen. Als ob ich mir etwas anderes leisten könnte … Ich werde dir mal was zeigen.«

Er läuft mit kleinen watschelnden Schritten durch den Laden zu einer Tür, vor der ein Vorhang aus bunten Glasperlen hängt, und schließt sie auf. Ich folge ihm durch den schmalen Gang, der zu einem Zimmer führt, in dem sich Kisten und Kartons stapeln. Der Fischgeruch wird immer stärker. Ich atme durch den Mund.

»Hier«, er zeigt auf ein Fenster mit zerbrochener Scheibe, »nennst du das etwa nichts? Alles ist kaputt gegangen.«

Ein Haufen von zerbrochenem Glas und Metallteilen türmt sich in einer Ecke.

»Dein Bruder treibt sich mit den falschen Leuten herum. Wenn er nicht dabei gewesen wäre, hätte ich sofort die Polizei gerufen. Aber ich kenne deine Mutter. Sie hat Imali schon mal die Haare geschnitten. Gar nicht so leicht, du weißt ja, wie dick und schwer ihre Haare sind ...«

Aus dem Zimmer über uns ertönt lautes Kindergeschrei und Töpfeklappern.

»Das Schlimmste ist, die Anlage, die ich reparieren sollte, ist jetzt total kaputt. Dieser Holzkopf, mit dem dein Bruder sich rumtreibt, hat sie fallen lassen, als ich ihn erwischt habe. Und ich muss die Anlage ersetzen. Wenn ich das Geld nicht bekomme, muss ich es mir bei der Versicherung holen. Aber das geht nicht ohne Anzeige. Das Fenster, die Anlage, alles zusammen zweitausend Pfund. Verstehst du, wie viel Geld das ist?« Mr Nia steht inzwischen schon wieder hinter seiner Ladentheke und ich halte mich an den Strängen des Glasperlenvorhangs fest.

»Wir haben das Geld nicht, ehrlich«, sage ich.

Mr Nia zieht geräuschvoll die Nase hoch. »In drei Wochen ist der Kunde, dem die Anlage gehört, aus dem Urlaub zurück. Bis dahin gebe ich euch Zeit, das Geld aufzutreiben.«

»Und du hast deiner Mutter erzählt, alles wäre in Ordnung?«

Ich nicke und schiebe mir ein Stück Fleisch in den Mund, von dem ich vorher mühsam die Sauce abgekratzt habe.

»Aber sie wird doch sofort zu diesem Mr Nia rennen und sich bei ihm bedanken.« Lina zieht mit der Gabel Streifen in den Kartoffelbrei. Sie legt sie zur Seite und sieht mich an.

»Wird sie nicht«, sage ich. »Ich habe gesagt, Mr Nia will uns eine Zeit lang nicht sehen, sonst überlegt er sich's anders.« Selbst Gregg hat diesen Teil der Geschichte akzeptiert, auch wenn er sonst nur dumme Bemerkungen gemacht hat.

»Es ist ein Haufen Geld. Ich wünschte, ich könnte dir helfen, aber so viel bekomme ich nicht zusammen. Hast du irgendwas, das wir verkaufen können?«

Wie ein Vogel beginnt Lina winzige Mengen Kartoffelbrei von ihrer Gabel zu picken. Ich beuge mich über den Tisch und zische ihr zu. »Natürlich habe ich nichts, was ich verkaufen kann. Vielleicht erinnerst du dich noch, wie es bei uns zu Hause aussieht? Du weißt, dass wir nur eine Möglichkeit haben, an Geld zu kommen.«

Ihr Mund formt ein kleines O und die Gabel in ihrer Hand kippt nach unten.

»Ich gehe natürlich davon aus, dass wir noch dabei sind.«

Es ist Mittwoch. Wenn wir am Montag nicht ausgeschieden sind, sollten wir eigentlich bald einen Hinweis auf das nächste Treffen von *Londons Zirkel* erhalten.

Kein Wunder, dass Lina erstaunt ist. Immerhin habe ich ihr geschworen auszusteigen. Und zu Recht. Diese miesen Wichtigtuer können ihre Sieger unter sich ausmachen. Ich kann vieles ertragen, aber nicht, eine Lügnerin genannt zu werden. Trotzdem … seit ich bei Mr Nia war, sehen die Dinge anders aus.

»Oh, Tabby«, sagt Lina schließlich. »Es tut mir so leid.«

»Was tut dir leid?«

»Ich habe einen Brief geschrieben, dass wir nicht mehr teilnehmen. Wir waren uns doch einig. Sie werden deshalb wahrscheinlich diese Runde absagen. Ohne uns sind nur noch drei Teams im Rennen und die stehen dann automatisch im Finale.«

Mir wird gleichzeitig heiß und kalt. Meine Hände fangen an

zu zittern, aber ich zwinge mich, mich zu konzentrieren. »Wann hast du den Brief weggeschickt und an wen?«, frage ich.

»Ich habe ihn gar nicht weggeschickt«, sagt Lina, »wir kennen ja auch keine Adresse. Ich habe ihn vor dem Essen Claudio gegeben.«

Ohne sie weiter zu beachten, stoße ich mich vom Tisch ab, dabei fällt mein Stuhl polternd auf den Boden. Ich renne nach vorne zur Essensausgabe, aber alle Schalen sind leer, kein Mensch ist mehr zu sehen. Die kleine Schiebetür lässt sich nicht öffnen, also klettere ich darüber und drücke die Küchentür auf. Die Küchenhilfe mit dem Kopftuch räumt gerade Geschirr in die übergroße Spülmaschine. »Was willst du denn hier?«, schimpft sie und hält mir drohend einen Teller entgegen. Aber da kommt Claudio.

»Schon gut«, murmelt er und zieht mich zur Seite. »Na, meine Schöne, was gibt's?«

»Hast du den Brief noch?«, frage ich. Er nickt. Mir fällt ein riesiger Stein vom Herzen.

»Es war ein Fehler«, sage ich. »Bitte gib ihn mir zurück und was du uns sonst noch geben solltest.«

Claudio schüttelt den Kopf. Seine Augen, die sonst immer freundlich aussehen, schauen mich ernst an. »Das geht nicht. Ich muss es euch beiden gleichzeitig geben und zwar beim Essen.«

»Aber …«, sage ich.

»Nein«, sagt Claudio. »Wenn deine Freundin nicht hier ist, kann ich nichts machen.«

Genau in diesem Moment geht die Küchentür auf und Lina kommt herein. Sie reibt sich das Schienbein und zieht ihren Ringelstrumpf etwas nach unten, um zu sehen, ob es blutet.

Claudio seufzt laut auf, aber dann geht er zu einer Schublade und zieht zwei kleine Holzstücke hervor. Aus seiner Tasche holt er einen weißen Briefumschlag und drückt ihn Lina in die Hand.

»Los jetzt«, sagt er. »Ihr kommt viel zu spät zum Unterricht.«

Den ganzen Tag über sieht Lina mich komisch von der Seite an. So wie Mama, wenn sie denkt, ich könnte Fieber haben.

In der Tasche von meinem Kleid kann ich das kleine Stück Holz fühlen. Ich habe mich noch nicht getraut daraufzuschauen. Letzte Woche war alles noch ein aufregendes Spiel. Es hat Spaß gemacht, mit Lina Rätsel zu lösen. Aber jetzt? Jetzt müssen wir gegen drei andere Teams gewinnen, damit Jimmie nicht ins Gefängnis muss. Ich habe keine Ahnung, wie wir das schaffen können. Noch dazu, wo uns alle für Betrüger halten.

»Wir können diese Woche nicht ins Mandarin gehen«, verkündet Lina nach der Schule.

»Warum nicht?«, frage ich.

Sie druckst ein bisschen herum. »Die Chinatown-Vereinigung trifft sich dort. Jede Menge Leute, die über ihre Geschäfte und irgendwelche Veranstaltungen diskutieren.«

»Na und?«, sage ich. »Deine Eltern haben bestimmt noch einen ruhigen Platz für uns. Sie freuen sich doch immer so, wenn wir zusammen lernen.«

»Das ist es nicht«, sagt Lina. Sie sieht ganz schön verfroren aus, ihre Lippen schimmern blau. »Da werden jede Menge

Leute sein, die mich eigentlich kennen sollten, weil ihre Kinder auch zum Chinesisch-Unterricht gehen.«

»Verstehe«, sage ich. »Du hast Angst, jemand könnte herausfinden, dass du immer schwänzt.«

Sie nickt und zieht die Schultern nach oben. Irgendwie möchte ich sie gerne in den Arm nehmen und wärmen, wie ich es manchmal mit Mama mache, aber ich weiß nicht, was sie dazu sagen würde.

»Also«, sage ich stattdessen, »wo gehen wir denn dann hin?«

Schwester Josephine ist ungefähr hundert Jahre alt. Zumindest sieht sie so aus. Ihr Kopf liegt fast auf dem riesigen aufgeschlagenen Buch vor ihr und sie zuckt erschrocken zusammen, als ich sie anspreche. Ihr völlig verknittertes Gesicht sieht überrascht aus.

Kein Wunder. Es ist das erste Mal, dass ich hier am Eingang der Schulbücherei stehe. Ein Ort, mit dem ich die fürchterlichsten Dinge verbinde. Reihenweise dicke alte Schinken, einer größer und verstaubter als der olle *David Copperfield*. Dazu noch der modrige Geruch, von dem ich garantiert Kopfschmerzen bekomme.

»Wir würden heute Nachmittag gerne in der Bücherei lernen«, sage ich, denn Lina ist wieder stumm.

Schwester Josephine wiegt den Kopf hin und her, als versuche sie sich an etwas Wichtiges zu erinnern. Dann schlägt sie beide Hände zusammen. »Hatte ich doch Recht«, sagt sie. Wenn sie lächelt, sieht man, dass ihr unten zwei Schneidezähne fehlen. »Schwester Hannah hat auf alle Kinder einen so inspirierenden Einfluss.«

Schwester Hannah leitet die blaue Gruppe. Ich könnte Schwester Josephine jetzt erzählen, dass Ausmalbilder und Geschichten für Leseanfänger alles andere als inspirierend sind, aber sie freut sich so sehr und Lina und ich haben Wichtigeres vor.

»Genau!«, sage ich also. »Schwester Hannahs Unterricht ist wirklich toll und Lina und ich wollen uns auf morgen vorbereiten.«

Wenn Schwester Josephine noch all ihren Grips beisammenhätte, würde sie sich wundern, wieso wir uns in der Bibliothek auf die blaue Gruppe vorbereiten wollen. Bilderbücher gibt es da nämlich keine.

»Es tut mir leid«, sagt sie. »Schüler der Unterstufe haben heute Nachmittag keinen Zutritt. Solltet ihr eigentlich wissen. Die Oberstufe hat Prüfungsvorbereitung.«

Lina hat sich direkt neben Schwester Josephine gestellt und sieht in ein Buch, das aufgeschlagen auf dem Tisch liegt. Auf den Seiten sind kleine bunte Abbildungen von Vögeln zu sehen. Linas dünner Finger zeigt auf eines der Bilder: »Ein Spix-Ara!«, ruft sie. »Was würde ich dafür geben, mal einen in freier Wildbahn zu sehen.«

Schwester Josephine dreht langsam den Kopf zu ihr, wie eine Schildkröte, der man ein Salatblatt hinhält. »Ich hatte einmal das Glück«, sagt sie. »Im Jahr 1953 in Nord-Brasilien. Es ist mir bis heute unvergesslich geblieben.« Sie dreht den Kopf bedächtig wieder nach vorne und murmelt etwas wie »Geht schon rein«.

Dann vergisst sie sogar, uns nach dem Bestätigungsformular unserer Eltern oder unserem Bibliotheksausweis zu fragen. Obwohl hinter ihrem Rücken ein großer Zettel an der Wand hängt, der daran erinnert.

Glück gehabt, denn ich habe weder das eine noch das andere.

»Wo ist hier der Computer?«, flüstert Lina.

»Keine Ahnung«, antworte ich und so durchkämmen wir ein Regal nach dem anderen und ich frage mich, wie viele Menschen Stunden damit verbracht haben, diese Bücher zu schreiben, zu korrigieren, zu drucken und zu lesen. Es müssen mehr Stunden sein, als der gesamten Menschheit zur Verfügung stehen, und mir wird schlagartig schwindlig.

Schließlich müssen wir uns geschlagen geben. Es gibt hier keinen Computer, aber wenigstens einen wackligen braunen Holztisch in der Ecke neben dem kleinen Fenster, weit genug entfernt vom Eingang und Schwester Josephine.

Wir legen die Holzstücke vor uns auf den Tisch. Sie sehen aus, als könnte man damit ein Kaminfeuer entfachen. Meine Oma hatte einen Kamin in ihrem Haus. Ich erinnere mich daran, wie ich ihr helfen durfte, Feuer zu machen, und Gregg sich einmal fast die ganze Hand verbrannt hat. Er hat heute noch eine Narbe davon.

Auf Linas Holzstück sind Zahlen eingekerbt: 2294

Diesmal erkenne selbst ich, dass sie das Datum und die Zeit des nächsten Treffens wiedergeben.

Was der Satz darunter bedeuten soll, ist mir allerdings schleierhaft:

Im Sommer meines Lebens pflanzte ich jeden Baum.

Lina liest ihn vor, im Flüsterton. Ein Computer wäre jetzt

wirklich hilfreich. Leider können wir um diese Zeit nicht mehr in den IT-Raum.

Ich drehe mich zu Lina und sehe, dass sie die Augen geschlossen hat. Ihre Lippen bewegen sich stumm und sie sieht super konzentriert aus. Als würde sie ein Gebet sprechen.

Ich warte, bis sie die Augen wieder öffnet.

»Wollen wir doch mal sehen«, sagt sie, springt auf und hopst durch die Buchreihen wie ein Fohlen auf einer Wiese.

Sie stoppt an dem Regal mit dem großen H aus Metall und kniet sich auf den Boden. Als sie ein dickes Buch mit blauem Einband hervorzieht, verursacht sie eine Staubwolke, die sich sehen lassen kann.

»Sachte, sachte«, murmelt sie. »Du bist wohl sehr aufgeregt, dass wir dich gefunden haben.«

Ich versuche mir keine Gedanken über Linas komisches Verhalten zu machen. Vielleicht hat Schwester Josephine sie angesteckt, denn die redet sicher auch mit den Büchern.

»Habe ich mal erwähnt, dass meine Eltern große Stücke aufs Auswendiglernen halten?«, fragt Lina kichernd und blättert in dem Schmöker hin und her.

Ich muss lachen. »Du hast nur gesagt, dass *du* nichts davon hältst.« Fasziniert betrachte ich die braunen, aneinanderklebenden Seiten des Buchs und wie Lina sanft versucht sie auseinanderzuziehen. Es muss Jahre her sein, dass jemand darin gelesen hat.

»Also«, sagt Lina und hört dabei nicht auf zu blättern, »meine Eltern geben mir immer Extra-Hausaufgaben. Weil wir in England leben, denken sie, es sei wichtig, dass ich englische Schriftsteller kenne. Und deshalb muss ich berühmte Gedichte auswendig lernen. Meistens stelle ich mich einfach dumm, und seit ich auf St. Claudia bin, haben sie es fast aufgegeben.«

Sie stockt kurz, liest ein paar Zeilen und blättert weiter. »Aber manche Gedichte waren ganz schön. Ich mag Byron besonders oder auch Yeats. Ein paar Sachen habe ich mir also gemerkt. Unter anderem ein Gedicht von Thomas Hardy. Es heißt *Novembertagesende*. Und wenn mich nicht alles täuscht, stammt die Zeile auf dem Holz aus genau diesem Gedicht.«

Jetzt hat sie wieder diesen Gesichtsausdruck wie in dem Zeitungsladen. Als wäre sie etwas Großem auf der Spur. Sie steckt mich an, denn ich versuche selbst, auf den Blättern den Titel des Gedichts zu finden. »Gibt es kein Inhaltsverzeichnis?«, frage ich.

Lina runzelt die Stirn und schlägt das Buch um. Auf der letzten Seite steht die Liste mit den Namen der Gedichte. Und wirklich – wir entdecken es fast gleichzeitig: *Novembertagesende*, Seite 247.

Jetzt erst recht

»Was soll das überhaupt bedeuten?«, sage ich eher zu mir selbst als zu Lina, die neben mir auf dem Boden sitzt und in die Luft starrt. »Im Sommer meines Lebens pflanzte ich jeden Baum.«

»Damit meint Hardy, dass man alles Wichtige im Leben früh anfängt. Zum Beispiel eine Papageienzucht«, sagt Lina, ohne mich anzusehen.

Etwas entfernt von uns raschelt es. Vielleicht packt Schwester Josephine gerade ein Sandwich aus. Eben noch waren Lina und ich begeistert von unserem Fund, aber es hält nicht lange an und wir begreifen, dass wir das Rätsel nicht wirklich gelöst haben.

»Ein Stück Holz, ein Datum und der Dichter Thomas Hardy«, sagt Lina und starrt dabei in die Luft.

»Jetzt brauchen wir dringend einen Computer«, sage ich. »Oder hast du ein Smartphone?«

In St. Claudia sind elektronische Geräte jeder Art verboten. Mama gefällt das, denn so hat sie gleich kategorisch ablehnen können mir ein Smartphone zu kaufen und mich auf meinen nächsten Geburtstag vertröstet.

»Nein, ich darf den Computer nur zum Lernen benutzen

und am besten nur, wenn meine Eltern danebensitzen«, sagt Lina. Sie schüttelt den Kopf dabei. Irgendwie lustig, dass wir nicht nur beide in der blauen Gruppe sind, sondern wahrscheinlich die einzigen Schülerinnen in St. Claudia ohne freien Internetzugang.

»Mama hat einen Computer«, sage ich. Sie benutzt ihren Laptop ziemlich selten. Abends spielt sie manchmal darauf oder sieht sich Landhäuser in Frankreich an.

»Nichts wie los!«, sagt Lina. »Je schneller wir den Treffpunkt kennen, desto besser.«

Es dauert keine halbe Stunde, dann stehen wir in unserer Küche.

Mama fegt gerade ein paar Haare zusammen. Sie sind pink. Das heißt, dass Jenny, Mamas beste Freundin, hier war. Jenny hat mit Sicherheit schon jede Haarfarbe auf dem Planeten ausprobiert und mit der Zeit sind die Farben immer schriller geworden. Pechschwarz oder platinblond waren irgendwann nicht mehr genug. Seit kurzem ist sie zu Neonfarben übergegangen. Mama meint, es sei Jennys Art, sich selbst zu verwirklichen. Was auch immer das heißen soll.

Ich habe seit der zweiten Klasse niemanden mehr mit nach Hause gebracht. Falls Mama überrascht ist von Linas Besuch, lässt sie es sich nicht anmerken. Sie streckt die Hand aus und sagt: »Du bist also Lina. Wie schön, dich endlich kennenzulernen. Tabby hat schon viel von dir erzählt.«

Manchmal wünsche ich mir, Mama würde mit dieser übertriebenen Höflichkeit aufhören. Lina ist ja schließlich keine ihrer Kundinnen.

Ich habe Lina natürlich noch nie zu Hause erwähnt, ich erzähle überhaupt nichts von der Schule.

»Wir sollen morgen ein Projekt abgeben«, unterbreche ich sie. »Und dazu müssen wir dringend noch was im Internet nachschauen. Der Computerraum in der Schule war schon geschlossen, da dachte ich …«

»Sicher, sicher«, sagt Mama. »Aber darf ich deiner Freundin vorher noch etwas zu trinken anbieten?« Sie zieht die Kühlschranktür einen Spalt auf, dann erst scheint ihr einzufallen, dass sie darin nichts finden wird.

Aber da sagt Lina schon: »Bitte nur Leitungswasser. Ich habe etwas Bauchweh.«

Mama lächelt. Sie nimmt ein Glas aus dem Schrank und füllt es am Wasserhahn. »Vielleicht sollten wir dir dann besser einen Tee kochen?«

Lina wimmelt sie ab. »Nein, danke, das ist wirklich nicht nötig.«

»Der Computer, Mama?«, frage ich.

»Den hat gerade dein Bruder. Ich hoffe, dass er endlich mal seine Hausaufgaben macht. Das geht heutzutage anscheinend nicht mehr mit Papier und Bleistift, oder?« An Mamas aufgesetztem Lächeln erkenne ich, dass sie ganz genau weiß, was Gregg wirklich macht.

Und das sind auf keinen Fall Hausaufgaben. Er macht nie Hausaufgaben, weder mit noch ohne Computer.

»Wenn ihr ihn freundlich bittet«, sagt Mama weiter, »leiht er ihn sicher kurz aus.«

Wenn noch etwas feststeht, dann, dass Gregg uns den Computer nicht geben wird.

»Kannst du ihn nicht fragen, bitte?«, versuche ich es.

»Tabatha«, sagt Mama. »Ich bin nicht dein Laufbursche. Klärt das unter euch.« Sie dreht sich zu Lina. »Hast du Geschwister?«

»Leider nein«, antwortet sie.

»Tabby weiß ihr Glück nicht immer zu schätzen«, sagt Mama.

Ohne weiter darauf einzugehen, nehme ich Lina mit zu Greggs Zimmer. Die Türklinke fühlt sich total verkrustet an. Mama geht nie in Greggs Zimmer. Sie sagt, ein Junge in seinem Alter braucht Privatsphäre, aber in Wirklichkeit hat sie Angst vor dem Geruch nach alten Socken und Schweiß, den ich selbst bei geschlossener Tür riechen kann. Das heißt, in Greggs Zimmer wird nie sauber gemacht und das fängt bei der Türklinke an.

Wir haben sogar Glück, denn die Tür ist nicht abgeschlossen. Zumindest gibt es heute freien Zugang zum Reich von König Gregg, dem Grausamen.

Er bemerkt uns nicht, denn er liegt auf seinem Bett und hat dicke Kopfhörer auf. Mit der rechten Hand hämmert er auf den Laptop ein. Sollten es Hausaufgaben im Headbangen sein, hätte Mama Recht. Gregg trägt nur seine Shorts und so haben wir freie Sicht auf seinen schneeweißen Rücken.

Wir hätten nicht ohne Plan reinkommen sollen. Es ist glasklar, dass Gregg den Laptop nicht kampflos hergeben wird, und körperlich sind Lina und ich ihm auch zu zweit unterlegen. Während ich krampfhaft überlege, wie wir uns das Gerät unter den Nagel reißen könnten, lasse ich Lina für einen Moment aus den Augen.

Ich zucke zusammen vom Geräusch des Laptops, den Lina gerade vor Greggs Nase zugeklappt hat. Greggs Gesicht verfärbt sich rot, noch bevor er seine Kopfhörer von den Ohren gezogen hat. Er ist manchmal sehr langsam, was seine Reaktionszeit angeht, mit Ausnahme seines Gesichts.

»Was soll das?«, brüllt er mich an. »Was machst du kleine Ratte in meinem Zimmer? Das hatte ich dir doch strengstens verboten. Und jetzt bringst du auch noch deine Kindergartenfreundin mit …«

Für Gregg war das ein ziemlich wortreicher Ausbruch. Er sagt meistens nicht viel, aber bei ihm hat das andere Gründe als bei Lina.

Lina neigt den Kopf ein bisschen zur Seite und reißt die Augen weit auf. »So«, sagt sie, »du bist also Gregg. Wie entzückend. Deine Schwester hat mir schon gesagt, wir sollten dich lieber nicht stören, aber dann würde das nette Mädchen unten wohl den ganzen Nachmittag vor der Tür warten müssen.«

Gregg hat sich inzwischen aufs Bett gesetzt und runzelt die Stirn, während er Lina mustert.

»Also dann«, sagt sie. »Ich nehme an, hier warten öfter irgendwelche Mädchen vor der Tür. Aber du bist ja zu beschäftigt, um wenigstens Hallo zu sagen. Komm, Tabby, wir gehen.«

Was für ein billiger Trick, denke ich, aber Lina hat Gregg genau richtig eingeschätzt.

»Was soll das Gequassel?«, fragt er. »Wer wartet?«

»Hab vergessen, wie sie heißt«, sagt Lina, die schon wieder bei mir an der Tür steht. »Lange blonde Haare. Hübsch, wenn man drauf steht …«

Greggs Augen werden so groß, dass ich Angst bekomme,

sie könnten aus seinem Kopf fallen. »Amanda?«, fragt er und ich sehe, wie er nach Worten ringt, aber sie wollen ihm einfach nicht einfallen.

»Kann sein«, sagt Lina. »Ich weiß nicht, wie lange sie da schon rumhängt. Vermutlich macht sie sich gerade wieder auf den Heimweg.«

Gregg springt auf und greift nach dem Fußball-Shirt auf dem Boden. Er stößt uns beide zur Seite und ist auf dem Weg nach draußen.

»Unglaublich, dass er darauf reinfällt«, murmele ich, während Lina schon am Laptop sitzt.

»Ich denke, wir haben höchstens fünf Minuten Zeit. Lass mich mal«, sie nimmt mir den Laptop ab und setzt sich auf Greggs Bett. Dann tippt sie wild drauflos.

»Das war ja noch leichter als letztes Mal«, ruft sie und ich sehe über ihre Schulter auf den Bildschirm.

Sie hat einfach nur Thomas Hardy und Holz eingegeben und jetzt stehen da jede Menge Treffer, viele davon mit der Überschrift *Der Hardy-Baum*.

»Das Holz steht also für Baum«, murmelt Lina. »Ein Baum auf einem Friedhof in St. Pancras«, liest sie vor. »Bevor Thomas Hardy ein berühmter Dichter wurde, wollte er Architekt werden. Und ganz am Anfang, als er noch in der Ausbildung war, hat er auf diesem Friedhof gearbeitet. Na ja, eigentlich an den Bahngleisen. Offenbar standen da zu viele Grabsteine, die versetzt werden mussten, und er hat sie rund um diesen Baum geschichtet. Schau mal.«

Lina zeigt auf ein Foto. Die Grabsteine bilden drei Kreise um den Baum. Mir wird flau im Magen. Es fühlt sich ein bisschen an, als würde in meinem Kopf ein Gewitter aufziehen. Dunkle graue Wolkentürme am Horizont und man weiß, das Unwetter wird kommen, es ist nur noch ein paar Minuten entfernt. Die Grabsteine auf dem Bild fangen an sich zu drehen. Erst langsam, dann immer schneller.

»Tabby, was hast du denn?«, höre ich Linas Stimme, aber sie klingt weit entfernt. Meine Hände ertasten etwas Raues, Kratziges. Es muss Greggs Teppichboden sein, auf dem ich mich wiederfinde.

»Komm, wir müssen raus hier, bevor dein Bruder zurück ist«, sagt Lina, aber ihre Worte verschmelzen zu einem einzigen dumpfen Geräusch.

Es ist, als wäre alles um mich herum dunkel, dabei habe ich die Augen offen. Und auf einmal höre ich, wie ich atme. Zu schnell, viel zu schnell.

Das Nächste, was ich sehe, sind Lina und Gregg neben mir auf dem Boden. Sie sind ineinander verkeilt und schreien sich an. »Niemand hat dir erlaubt meine Sachen zu nehmen«, keucht Gregg. »Lass mich sofort los!«, brüllt Lina.

Und dann schreit Gregg auf, so laut, dass es mir Angst macht, aber ich kann mich immer noch nicht rühren, auch nicht, als Mama ins Zimmer kommt.

Ein paar Minuten später sitzen wir alle in der Küche. Ich halte eine Plastiktüte in der Hand. Eigentlich ist Hyperventilieren nichts Schlimmes. Es passiert, wenn man sich wirklich doll aufregt und denkt, man bekommt keine Luft mehr. Dann fängt man an schneller und schneller zu atmen und bekommt wirklich keine Luft mehr. In eine Tüte zu atmen hilft dann.

Gregg heult und jammert und Mama versucht mit einem Waschlappen das Blut von seinem Oberarm zu wischen.

Auf dem Frisierstuhl in der Ecke sitzt Lina. Ihre Fußspitzen berühren kaum den Boden. Auf ihrem Gesicht ist keine Regung zu erkennen.

Schließlich sprüht Mama Desinfektionsspray auf Greggs Wunde und jetzt sehe ich ganz deutlich die Zahnabdrücke, die Lina hinterlassen hat. Ein sauberes, sehr gerades Muster.

»Tabby, wir müssen Dr. Wolters anrufen«, sagt Mama, während sie noch auf Greggs Arm starrt.

Gregg winselt und ich sage: »Daran wird er schon nicht sterben. Lina hat ja schließlich nicht die Tollwut.«

»Nicht wegen Gregg, wegen dir.« Mama schüttelt den Kopf. »Du hattest schon so lange keinen Anfall mehr.«

»Aber …«, ich will protestieren.

»Kein aber. Das heißt, zuerst müssen wir uns noch um etwas anderes kümmern.« Bevor sie ihren Kopf zu Lina dreht, sehe ich in Mamas Augen, dass jetzt nichts Gutes kommen kann.

Ich weiß nicht, was schlimmer ist. Die Art und Weise, mit der Linas Eltern unsere Wohnung mustern: die feuchten Flecken an den Wänden, die kaputte Küchentür, die zerfetzen Poster an Greggs Tür, die offen steht und den Sockengeruch in die ganze Wohnung strömen lässt. Oder die Art, wie sie Lina ansehen. Sie sind nicht wütend, eher verzweifelt. Man sieht, dass Linas Mutter geweint hat. Ihre Augen sind verquollen und das Einzige, was sie hervorbringt, ist »Entschuldigung, Entschuldigung«. Aus ihrem Zopf haben sich Strähnen gelöst, eine davon klebt an ihrer Wange fest.

Linas Vater hält eine Honigmelone in der Hand, aber Mama nimmt sie nicht entgegen. Also übernehme ich das und mache die Tür zu unserem leeren Kühlschrank auf. Er schaut mir dabei zu und jetzt sieht er noch geschockter aus als vorher. Ich erinnere mich, wie Lina erzählt hat, dass ihr Kühlschrank nie leer ist.

Irgendwie hatte ich gehofft, Mama könnte alles in Ordnung bringen. In dem Moment, in dem sie zu sprechen beginnt, bin ich erleichtert, bis ich ihre Worte verstehe.

»Es geht ja nicht um den Biss. Gregg kann einiges verkraften und er teilt selber gerne aus. Aber Tabby …«, sie holt tief Luft, »Tabby hat Probleme, seit ihr Vater gestorben ist. Es ging eine Zeit lang ganz gut, aber gerade hat sie hyperventiliert. Verstehen Sie?«

Es ist ganz deutlich, dass Linas Eltern kein Wort verstehen. Wie sollten sie auch? Warum erklärt Mama nicht einfach, dass Hyperventilieren nichts Schlimmes ist? Hat sogar Dr. Wolters gesagt. Es sieht schlimm aus, als ob man keine Luft mehr bekommt, aber sobald ich mich wieder beruhigt habe, ist alles in Ordnung.

»Und ich dachte, wir hätten es im Griff«, sagt Mama. »Aber …«, sie schluckt.

Linas Vater hebt Lina vom Frisierstuhl, als wäre sie ein Kleinkind, aber gleich darauf, als er sie neben sich abgesetzt hat, gibt er ihr einen Schubs, so dass sie fast stolpert. Jetzt murmelt er auch »Entschuldigung, Entschuldigung«, und ehe ich kapiere, was vor sich geht, sind alle draußen. Nur Lina hat sich noch einmal umgedreht. »Weitermachen …«, glaube ich an ihren Lippen abzulesen. Aber ich bin mir nicht sicher.

Codewort Papagei

Lina ist krankgemeldet.

Es ist schon der zweite Tag, an dem sie fehlt, und ich habe auch sonst kein Lebenszeichen von ihr erhalten. Mein Rucksack ist voll mit Büchern aus der Bibliothek. Ich kann ihn kaum hochheben, und wenn er aus Versehen in die Themse fiele, würde er für immer und ewig auf dem Grund liegen, bis sich die Bücher aufgelöst hätten.

Gestern Morgen habe ich einen ganzen Stapel ausgeliehen.

Da dachte ich noch, Lina würde schon wieder auftauchen und sie könnte sich durch die Thomas-Hardy-Bände arbeiten. Und dann wäre sie bestens vorbereitet für die Quizrunde am Montag und wir hätten eine Chance.

»Tabatha«, sagt Schwester Caroline und greift nach meiner Schulter. »Du sollst zu Schwester Greta kommen.«

Auf dem Gang ist es still. Ich gehe extralangsam, während ich überlege, was Schwester Greta von mir will. An den Wänden hängen Bilder in Kreischfarben. Jemand hat Schwarz-Weiß-Fotos von London gemacht und sie dann mit Neonfarben angemalt. Ein Doppeldeckerbus, die Tower-Bridge, St. Paul's Cathedral. Dann entdecke ich das Bild vom London Eye. Jede Kabine hat eine andere Farbe, aber eine ist einfach nur schwarz, tiefschwarz. Ich stelle mir vor, dass es die Kabine ist, in der ich mit Papa gefahren bin.

Ich atme ganz tief den modrigen Schulgeruch ein, denn Mama sagt, konzentriertes Atmen hilft gegen Hyperventilieren, und schließlich stehe ich vor Schwester Gretas Tür.

Nach einem kurzen Klopfen gehe ich hinein, ohne eine Antwort abzuwarten. Auf Schwester Gretas Schreibtisch türmen sich Stapel von Papieren, am Boden liegen Dutzende dicker Umschläge. Schwester Greta sitzt auf ihrem Stuhl und versucht Klebeband um einen größeren Umschlag zu ziehen.

»Tabby«, sagt sie. »Kannst du mir vielleicht helfen?«

Ich sage nichts und halte den Umschlag für sie fest, bis sie ihn mehrmals mit Klebeband umwickelt hat. Der sanfte Duft ihres süßen Parfüms steigt mir in die Nase.

»Vielen Dank«, sagt Schwester Greta und rückt sich den Haarreif zurecht. »Bitte setz dich doch.«

Während ich den Holzstuhl auf der anderen Seite des Schreibtischs heranrücke, redet sie schon weiter. »Es ist kaum zu fassen, dass ich diese Unterlagen selber verschicken muss, aber keiner hat Zeit, mir zu helfen. Wir sind einfach unterbesetzt und die Schule hat kein Geld für mehr Aushilfskräfte.« Sie lächelt mich an. »Und du musst auch gleich wieder zurück in den Unterricht. Ich habe gehört, es macht dir inzwischen etwas mehr Spaß bei uns?«

Mir ist nicht klar, ob das eine Frage sein soll, und wenn ja, was ich antworten könnte. Also runzle ich einfach die Stirn und höre weiter zu.

»Es sieht tatsächlich so aus, als bräuchtest du nicht mehr viel Zeit in der blauen Gruppe zu verbringen. Ich möchte dich gerne in den normalen Unterricht integrieren, wenn dir das recht ist.«

Ich habe keine Ahnung, wie Schwester Greta darauf kommt. Es ist ja nicht so, dass ich in den letzten paar Wochen irgendwo bessere Leistungen gezeigt hätte oder schlauer geworden wäre. Woher also sollte Schwester Greta wissen, dass ich mich tatsächlich mehr anstrenge? Ja dass ich sogar ein ganzes Buch gelesen habe. Woher, wenn es nicht mit *Londons Zirkel* zu tun hat?

Und dann kommt mir blitzschnell ein anderer Gedanke. Wenn ich wirklich nicht mehr in die blaue Gruppe gehen sollte …

»Aber was ist mit Lina?«, platzt es aus mir heraus. Wenn Schwester Greta Bescheid weiß über meine Fortschritte, dann muss sie auch wissen, dass Lina sich nur dumm stellt. Dass Lina noch viel weniger in die blaue Gruppe gehört als ich.

»Ja …«, wiederholt Schwester Greta und legt eine Hand unter ihr Kinn, als wolle sie es abstützen. »Was ist eigentlich mit Lina?«

Wir sitzen uns gegenüber und sehen uns an. Jetzt, denke ich, jetzt ist der Moment, in dem ich endlich über den Wettbewerb reden kann. Schwester Greta bitten, mit Linas Eltern zu sprechen. Ihnen zu erklären, warum der Wettbewerb so wichtig ist. Vielleicht würde sie sogar verstehen, warum sich Lina für ihre Papageien stumm stellt oder warum ich Mr Nia das Geld versprochen habe.

Aber dann habe ich Linas Stimme in meinem Ohr, die mich warnt. *Sprich mit keinem Erwachsenen über den Wettbewerb. Bitte niemanden um Hilfe, nicht deine Eltern, nicht deine Lehrer und schon gar nicht diejenigen, die dich zum Wettbewerb geschickt haben.*

Also flüstere ich schließlich: »Sie ist krank, glaube ich.«

Schwester Greta sieht jetzt ganz ernst und streng aus. Sie beugt sich nach vorne. »Ich weiß, was bei dir zu Hause los war. Deine Mutter hat mir erzählt, dass Lina deinen Bruder gebissen hat. Und ich weiß auch, was dann passiert ist.«

Sie legt ihre Hand auf den Tisch und streckt sie zu mir aus, als wolle sie nach meiner greifen, aber ich ziehe sie schnell zurück.

Schwester Greta seufzt. »Deine Mutter macht sich Sorgen. Um deine Brüder, aber vor allem um dich, Tabby. Du solltest ihr den Gefallen tun und dich hier eingliedern. Vielleicht wirst du nicht die beste Schülerin sein, aber du kannst einiges erreichen. Und was Lina angeht: Ihre Eltern sind schockiert über das, was vorgefallen ist. Sie können sich nicht erklären, warum ihre Tochter auf einmal so aggressiv ist, und ich fürchte, sie denken, es hat mit dir zu tun.«

»Was?«, rufe ich. »Es war doch Greggs Schuld. Wie kann man sich überhaupt aufregen über so einen kleinen Biss? Einmal wollte Gregg mich kopfüber in die Mülltonne stopfen. Dabei habe ich nur …«

»Genug, Tabby«, sagt Schwester Greta. »Ich habe Linas Eltern versprochen, euch beide voneinander fernzuhalten. Das heißt, du gehst in den regulären Unterricht, Lina in die blaue Gruppe und danach in eine Parallelklasse.«

Ich will mich wehren. Wenn jemand sicher nicht in die blaue Gruppe gehört, dann Lina. Aber mein Atem wird schneller.

»Außerdem«, sagt Schwester Greta, »werdet ihr euch aus dem Weg gehen. In der Pause, beim Essen und nach der Schule.« Sie steht auf und zupft sich ihr dunkelblaues Kleid zurecht. »Und wenn ich euch beide zusammen erwische, wenn ich auch nur davon höre, dass ihr gemeinsam unterwegs seid, hat das Konsequenzen. Ernsthafte. Ich hoffe, du hast mich verstanden.«

Ich verstehe aber gar nichts. Sie hat doch mich und Lina selbst zu *Londons Zirkel* geschickt. Also muss sie wissen, dass der Wettbewerb noch nicht vorbei ist. Oder hat sie keine Ahnung und denkt, wir beide seien schon ausgeschieden? Wieso sagt sie, ich dürfte Lina nicht mehr treffen?

Ich gebe keine Antwort. Stattdessen stehe ich auf und stürze aus der Tür. Ich renne den Gang hinunter und schnappe nach Luft. Kein Anfall, bitte jetzt kein Anfall.

Endlich bin ich außer Sichtweite und lasse mich auf den Boden sinken und zähle langsam bis zwanzig. Mein Atem wird ruhiger.

Als ich nach Hause komme, bin ich ganz erstaunt, wie ich diesen Tag in der Schule überstanden habe. Ich konnte die ganze Zeit nur an Lina denken. In welchem Schlamassel sie jetzt steckt. Und daran, dass Schwester Greta mir verboten hat mit ihr zusammen zu sein. Natürlich meint sie damit auch den Wettbewerb, aber das stört mich im Moment nicht so sehr. Ich will nur Lina sehen, alles mit ihr besprechen. Sie wüsste sicher einen Ausweg.

Aber sobald ich meine Zimmertür geöffnet habe, wird mir schlagartig klar, wie wichtig der Wettbewerb ist. Wie dringend ich das Geld brauche, denn auf meinem Bett sitzt Jimmie.

Ich bin so glücklich ihn zu sehen, dass ich mich auf ihn werfe und wir beide nach hinten fallen. Dann rollt Jimmie sich zu mir, bis er ganz nah an meinem Gesicht ist, und auf einmal bin ich einfach nur froh, seine strahlend blauen Augen und seine blonden Haare zu sehen. Sie sind so hell wie bei niemandem sonst in unserer Familie. Noch nicht mal Papas Haare waren so blond.

»Was machst du nur so lange in der Schule?«, fragt er und knufft meinen Arm. »Ich warte schon eine Ewigkeit hier. Hab leider nichts zu essen gefunden.«

Ich kichere. »Du weißt doch, dass der Kühlschrank immer leer ist …«

»Steh mal auf«, sagt Jimmie und ich mache es, ohne nachzufragen. »Du bist mindestens zehn Zentimeter gewachsen seit letztem Monat und die Haare solltest du dir auch mal wieder kämmen.«

Ich will mich sofort wieder auf ihn stürzen, aber Jimmie ist aufgesprungen und hält mich fest. »Jetzt mal ruhig, Schwesterchen. Ich muss mit dir reden.«

Jimmie rückt den einzigen Stuhl im Zimmer an mein Bett, auf das er sich setzt. Dann zeigt er auf den Stuhl. Die Ärmel seiner Lederjacke sind abgewetzt und seine Hände sehen zerkratzt aus.

Als ich sitze, atmet er tief durch. Dann sagt er: »Du warst also bei Mr Nia.«

Ich nicke und ziehe an meinem Haargummi.

»Versteh mich nicht falsch, Tabby. Ich bin dir total dankbar. Ich habe Riesenmist gebaut und das Letzte, was ich wollte, war, dass meine kleine Schwester mich da raushauen muss.«

Schon okay, will ich sagen, aber irgendwie bringe ich kein Wort heraus, denn ich habe Jimmie ja noch gar nicht rausgehauen. Und wenn ich nicht bald das Geld auftreibe, kann ich das auch nicht.

»Ich weiß, was du gemacht hast«, sagt er jetzt und mein Herz fängt an zu rasen.

»Es tut mir leid«, presse ich hervor, aber nun steht Jimmie neben mir und drückt mich an sich und ich rieche die Zigaretten, die er raucht, und das Leder seiner Jacke, die er schon trägt, seit ich denken kann.

»Mir tut es leid, Tabby. Ich weiß, dass Mr Nia Geld von dir wollte. Du hättest den Kompass niemals verkaufen dürfen. Das war nicht richtig, aber es ist meine Schuld, nicht deine. Ich verspreche, ich mache es wieder gut. Ich treibe das Geld auf und dann kaufen wir ihn zurück. Ganz sicher. Der Kompass war schließlich unser Geheimnis und ich weiß, was er dir bedeutet.«

Wenn mein Herz vorher gerast hat, dann ist es jetzt so schnell wie ein Hochgeschwindigkeitszug oder ein Düsenjet oder das Licht. Und Jimmie kann bestimmt die kleinen Schweißtropfen sehen, die auf meiner Stirn stehen.

Im Moment ist mir nicht klar, was mich mehr aufregt. Die Tatsache, dass Jimmie herausfinden könnte, dass ich Mr Nia nicht bezahlt habe, oder seine Annahme, ich hätte den Kompass verkauft.

»Bist du okay?«, tönt seine Stimme an meinem Ohr und mein Trommelfell vibriert. »Tabby, ruhig atmen, ganz ruhig.«

Ich denke an Lina, wie sie ihre Strümpfe hochzieht. An ihre dünnen Arme mit den winzigen schwarzen Härchen. Daran, wie sie mich geduldig verbessert, wenn ich ein Wort falsch lese.

Und mein Atem wird ruhiger und ruhiger. Ich schiebe Jimmie zur Seite.

»Mann, warum jagst du mir so einen Schrecken ein?«, fragt er. »Noch dazu, wo Mama nicht hier ist.«

»Hyperventilieren ist nichts Schlimmes. Ich muss doch nur in die Tüte atmen. Was machst du denn jetzt so?«, frage ich, um ihn abzulenken.

»Auflegen natürlich«, sagt er und grinst ein bisschen dämlich, als ob es ihm peinlich wäre. »Ich habe da einen Typen kennengelernt, der manchmal im Westend arbeitet. Vorhin hat er angerufen. Er ist krank und sucht eine Vertretung für heute Abend. Echt gut bezahlt.«

»Wow«, sage ich. »Klingt super, welcher Club?«

Jimmie presst die Lippen zusammen und sieht an die Decke. Dann sagt er: »Ü-Dreißig-Party, ziemlich uncool also.«

Wir müssen beide lachen und Jimmie nimmt mich wieder in den Arm. Diesmal schiebe ich ihn nicht weg.

»Es ist nur ein dummes Familiengeheimnis«, sagt er schließlich mit seiner schönen sanften Stimme. »Du musst dir keine Sorgen machen. Du bekommst ihn zurück.«

Als Jimmie weg ist, lege ich mich auf mein Bett. Mein Rucksack steht auf dem Boden daneben. Ich greife hinein und ziehe eines der Büchereibücher heraus. *Leben und Werk von Thomas Hardy*.

Die Gedichte sind so schwer und verworren, dass ich überhaupt nichts verstehe, selbst, wenn ich sie Zeile für Zeile entziffere. Auch wenn ich nicht begreife, worum es geht, fühlen sie sich irgendwie düster und traurig an.

Wo Lina wohl jetzt steckt? Vielleicht hat sie Hausarrest. Oder sie ist bei ihren Eltern im Restaurant.

Wie soll sie nur am Montag zum Wettbewerb kommen? Und dann fällt mir ein, wie sie mir von den früheren Jahren erzählt hat. Dass ein Junge sogar aus dem Fenster gesprungen ist, um dabei zu sein. So was traue ich Lina auch zu.

In meinem Rucksack ist unten ein Loch im Futter. Ich ziehe alle Bücher heraus und greife mit der Hand durch das Futter. Nach einigem Tasten habe ich gefunden, was ich suche. Die U-Bahn-Karte.

Es ist kurz vor fünf und ich kann nur hoffen, dass Mama heute richtig spät nach Hause kommt. Als ich draußen auf der Straße stehe, sehe ich mich in alle Richtungen um. Klar wird es Riesenärger geben, wenn ich zurückkomme und Mama schon da ist, aber jetzt muss ich erst mal verschwinden.

Auf der Rolltreppe versuche ich den Passanten, die nach oben fahren, nicht in die Augen zu sehen.

Nervös bin ich vor allem, weil ich keine Ahnung habe, ob ich den Weg allein finden werde. Bisher war Lina ja immer bei mir.

Aber es ist kein Problem, kaum bin ich am Leicester Square, finde ich den richtigen Ausgang, fahre mit der endlos langen Rolltreppe nach oben und stehe mitten im Gewimmel.

Es ist ein schöner, sonniger Abend. Die Touristen haben ihre Sweatshirts um die Hüften gebunden, viele Frauen tragen kurze Kleider. Man könnte fast meinen, es sei noch Sommer. Nach nicht mal fünf Minuten bin ich angekommen. Ich stehe direkt gegenüber vom Mandarin.

Leider gehen mir die Ideen aus. Ich habe mich so darauf konzentriert, es bis hierher zu schaffen, dass ich keine Ahnung habe, was ich jetzt tun soll. Die Wahrscheinlichkeit, dass Lina in diesem Moment durch die Tür nach draußen marschiert, ist gering. Und was passiert, wenn mich ihre Eltern hier entdecken, möchte ich mir lieber nicht vorstellen. Besonders viel Zeit habe ich auch nicht. Ich ziehe Papier und einen Bleistift aus meinem Rucksack. Zumindest eine Nachricht könnte ich ihr hinterlassen. *Liebe Lina,* schreibe ich. *Die Bücher …*

Ja, was ist eigentlich mit den Büchern? Falls ich es tatsächlich schaffen sollte, sie zu Lina zu schmuggeln, hätte sie noch drei Nächte Zeit, sich durch die endlosen Seiten zu kämpfen. Alle Informationen über Thomas Hardy, den Dichter, und den Friedhof auswendig zu lernen.

Wie soll sie das nur schaffen?

Ich drücke heftig auf den Stift ein und die Spitze bricht ab. »So ein Mist«, fluche ich und werfe den Stift auf den Boden.

»Aber, aber«, sagt ein Mann mit wehenden weißen Haaren und einem starken amerikanischen Akzent. »Der Stift kann doch nichts dafür.«

Seine Frau fängt an zu kichern. Sie hat ein völlig verrunzeltes Gesicht und bläulich gefärbte Haare, die nach oben toupiert sind. »Können wir dir vielleicht mit einem anderen Stift aushelfen, mein Kind?«, fragt sie.

»Beeil dich, Henriette«, sagt ihr Mann. »Das Museum schließt in wenigen Minuten.«

»Mir kann keiner helfen«, murmele ich und hebe meinen Rucksack auf.

»Das wollen wir doch mal sehen«, sagt die alte Frau und dreht sich zu ihrem Mann. »William, das Museum muss warten.«

Es ist ganz schön kompliziert, William und Henriette zu erklären, worum es geht. Ich darf mit ihnen ja nicht über *Londons Zirkel* reden. Aber natürlich kann ich erzählen, was mit mir und Lina passiert ist.

Henriette runzelt die Stirn, als ich wiederhole, was Schwester Greta heute zu mir gesagt hat.

»Das ist doch eine Sache, die eure Eltern untereinander regeln sollten«, sagt William, aber Henriette stößt ihn in die Rippen.

»Hast du denn nicht begriffen, dass die Eltern diesen Schlamassel erst verursacht haben? Den armen Kindern verbieten sich zu sehen. Das ist doch das Allerletzte!« Sie streichelt mir mit eiskalten Fingern über die Wange. »Was können wir für dich tun?«

Ich schaue von der anderen Straßenseite aus zu, wie Henriette und William ins Mandarin marschieren. Von Henriette kann man nur ihr Haar erkennen, das wie blaue Zuckerwatte nach oben ragt. William hat seinen riesigen Arm um sie gelegt und schiebt sie durch die Tür, die er mit der anderen Hand aufgezogen hat.

Eine ganze Weile vergeht. Ich werde langsam nervös, aber das heißt ja wenigstens, die zwei sind nicht aufgeflogen. Es war kein Problem, Henriette davon zu überzeugen, die Bücher nur an Lina zu übergeben, an niemanden sonst. William beharrte zwar darauf, dass er dringend mit Linas Eltern reden sollte, aber es war eindeutig, wer von den beiden das Sagen hat.

Inzwischen habe ich meine Fingernägel fast vollständig abgekaut.

Die Tür geht auf, aber es sind zwei chinesische Frauen, die ein Taxi heranwinken. Das Auto hält genau vor dem Restaurant und deshalb sehe ich erst etwas später, dass William und Henriette schon auf dem Weg zu mir sind. William schüttelt den Kopf, aber Henriette strahlt.

»Mission erfüllt!«, ruft sie aus und streckt ihren Arm in die Luft wie nach einem gewonnenen Tennis-Match. Als sie bei mir ankommen, kann ich die verschiedenen Gerüche aus dem Mandarin an ihnen riechen – heißes Öl, scharfes Chili, Mango-, Vanille- und Guavenmilch.

William seufzt laut auf. »Diese Fischbällchen werden mir jetzt die ganze Nacht im Magen liegen. Du weißt doch, dass ich kein ausländisches Essen vertrage. Und das Museum hat inzwischen auch geschlossen.«

»Hör auf zu meckern«, sagt Henriette. »Einer musste ja was zu essen bestellen, sonst wären wir sicher aufgefallen.«

»Habt ihr Lina gesehen?«, frage ich aufgeregt.

»Aber sicher«, sagt Henriette und tippt mir mit ihrem Finger auf die Nase. »Sie sieht genau so aus, wie du sie beschrieben hast.«

»Asiatisch mit Ringelsocken«, bestätigt William und nickt.

»Saß ganz alleine in der Ecke und hat gelesen. So ein trauriges kleines Mädchen.« Henriette bemerkt, dass ich das Gesicht verziehe, und redet schnell weiter. »Also, wir haben auch sofort herausgefunden, wer der Vater ist. Ein paarmal hat er nämlich mit deiner Freundin geredet und ihr über den Kopf gestreichelt. Aber sie hat ihn weggeschoben. Erschien mir ganz schön stur, die Kleine.«

Ja, das ist Lina. Ich bin ein bisschen stolz auf sie.

»Also«, fährt Henriette fort. »William hat plötzlich angefangen zu husten. Das fällt ihm nicht besonders schwer nach den vier Zigarren, die er heute schon geraucht hat. Aber er musste natürlich etwas schauspielern.«

»Ich habe nach Wasser gerufen«, sagt William und er streckt die Brust dabei heraus. »Alle Kellnerinnen kamen angelaufen und auch der Vater der Kleinen. Ich habe erst mal weitergehustet und mich dann über die Chili-Schoten in der Suppe beschwert.«

»Und ich«, sagt Henriette, »habe die Gelegenheit genutzt, die Bücher bei deiner Freundin abzugeben. Codewort Papagei.«

Jetzt kichert sie wieder und mir wird heiß und kalt bei dem Gedanken, was Lina wohl durch den Kopf gegangen sein muss, als sie die leicht verrückte Frau mit den blauen Haaren gesehen hat.

»Sie hat dann schnell einen Blick auf die Bücher geworfen und mich nach dir gefragt«, fährt Henriette fort.

»Und?«

»Ich habe geantwortet, du wartest draußen und bist sehr unglücklich, dass ihr euch nicht mehr sehen könnt.«

»Und was hat sie gesagt?«

Henriette spreizt ihre Finger übertrieben lang und legt sie auf ihre Wangen. »Ich glaube, deine Freundin ist etwas exzentrisch. Ich soll dir ausrichten: *Im Sommer meines Lebens pflanzte ich jeden Baum*.«

Treffpunkt Friedhof

Es ist unmöglich stillzusitzen. Ich rutsche auf meinem Stuhl hin und her. Mein Fuß tippt wie wild auf den Boden. Ich kann damit einfach nicht aufhören. Zum Glück war nur noch in der letzten Reihe was frei, sonst wäre ich bestimmt schon verwarnt worden für meine Wackelei.

Im regulären Unterricht – das ist Schwester Gretas Name für alles, was nicht in der blauen Gruppe stattfindet – sitzen wir wie im 19. Jahrhundert in Sechserreihen hintereinander.

Der einzige freie Platz war neben Hector. Neben ihm will niemand sitzen, weil er einen nervösen Tick hat und sich ständig mit der Hand gegen die Stirn schlägt. Danach duckt er sich und dreht sich in jede Richtung, um zu sehen, ob ihn jemand beobachtet.

Bis auf seinen Tick ist Hector ein Musterschüler. Dabei sieht er viel jünger aus als die anderen. Er ist so dünn, dass seine Beine in den kurzen Hosen aussehen wie schmale Äste.

Er malt ein Diagramm auf seinen Zettel, in dem er vermutlich die gesamten Werke Shakespeares in zeitlicher Reihenfolge einordnet. Denn darum geht es gerade im Unterricht.

»Kannst du nicht mal stillsitzen?«, zischt es plötzlich neben mir. Erst kann ich gar nicht glauben, dass Hector mit mir redet. Ich habe ihn noch nie mit irgendjemand sprechen sehen. Er sitzt immer alleine hinten auf seiner Bank, und wenn er etwas sagt, dann nur, weil eine Lehrerin ihn dazu auffordert.

»Das fragst ausgerechnet du?«, flüstere ich. Beim letzten Mal, als er sich gegen den Kopf geschlagen hat, wäre ich vor Schreck fast vom Stuhl gefallen.

»Ich kann nichts dafür«, sagt Hector. »Die Synapsen in meinem Gehirn zwingen mich dazu. Du dagegen könntest aufhören mit dem Gezappel, wenn du wolltest.«

Ich wünschte, ich könnte Hector den Grund für meine Nervosität erklären. Was er wohl sagen würde, wenn er wüsste, dass ausgerechnet ich kurz vorm Finale des wichtigsten Londoner Schulwettbewerbs stehe. Und dass alles am seidenen Faden hängt. Wenn Lina heute Nachmittag nicht auftaucht, ist alles vorbei.

»Schon gut, ich hab's nicht so gemeint. Deshalb musst du ja nicht gleich so komisch schauen«, flüstert Hector. »Welches ist denn dein liebstes Shakespeare-Drama? Ich kann mich gar nicht entscheiden.«

»Keine Ahnung«, sage ich. Hector sieht mich durch seine Brillengläser ernst an. »Ich lese lieber Thomas Hardy«, behaupte ich und bringe ihn tatsächlich zum Lächeln.

»Total andere Zeit«, sagt Hector, »aber du hast Recht. Keiner schreibt so schaurig schön wie Hardy. Mir gefällt *Die berühmte Tragödie der Königin von Cornwall*. Eines der unbekannteren Theaterstücke, die er geschrieben hat, aber auf jeden Fall tiefgründiger als *Tess von den d'Urbervilles*. Warum nur alle immer auf dem einen Buch herumreiten?«

Schwester Anna wirft uns einen bösen Blick zu und legt einen Finger an ihren Mund. In diesem Augenblick holt Hector aus. Dummerweise bin ich zu nah an ihn herangerückt, als er über Thomas Hardy sprach. Und deshalb schlägt er nicht gegen seinen Kopf, sondern gegen meinen. Vor Schmerz schreie ich kurz auf. Schwester Anna bleibt vor Empörung der Mund offen stehen und Hector flüstert: »Deshalb will nie einer neben mir sitzen.«

*

Die Kirche ist leichter zu finden, als ich vermutet habe. Zum Glück ist noch Guthaben auf Linas aufladbarer U-Bahn-Karte, denn ich hätte kein Geld gehabt, um sie aufzuladen.

Vom Bahnhof St. Pancras muss ich nur fünf Minuten laufen und um 15.30 Uhr stehe ich an der Straße vor den verwitterten Steinstufen, die zum Friedhof führen.

Die Luft riecht nach Laub, den ersten Blättern, die von den hohen alten Bäumen gefallen sind. Hinter mir brausen die Autos vorbei und es wäre ganz leicht, die paar Treppen nach oben zu steigen. Aber ich traue mich nicht. Seit Papas Beerdigung habe ich keinen Friedhof mehr betreten.

Damals kamen ziemlich viele Leute. Manchmal frage ich mich, wo sie heute alle sind. Außer Jenny sieht Mama nur noch Betsy, für die sie Brote schmiert, und die Leute, denen sie die Haare schneidet.

Einmal hat sie gesagt, ihre besten Freunde könnte sie im *Hahn und Schaf* treffen, dem Pub unten an der Straßenecke. Aber das sind bestimmt nicht die Leute, die auf Papas Beerdigung waren. Es kommt mir vor, als hätten sie sich langsam aus unserem Leben verabschiedet, wie Schachfiguren, die irgendwann vom Brett verschwunden sind.

Damals ist Mama vor uns hergelaufen, Jimmie hatte den Arm um sie gelegt. Er war da schon einen Kopf größer als sie.

Ich musste neben Gregg gehen und es war einer der wenigen Tage, an denen er mich nicht aufgezogen hat, obwohl ich dauernd heulen musste. Irgendwann hat er sogar meine Hand gehalten. Das war komisch, denn es hat sich eiskalt angefühlt, aber trotzdem gut.

Damals habe ich mir geschworen, nie mehr auf einen Friedhof zu gehen. Selbst Menschen wie Gregg, die immer warme schwitzige Hände haben, wird da kalt.

Ich zucke zusammen, als mir jemand von hinten die Hand auf die Schulter legt.

»He, nicht erschrecken. Ich bin's nur.«

Jake lächelt mich an und für einen Augenblick bin ich total verwirrt. Er hält mit der linken Hand seine blau-graue Krawatte fest und starrt sie an, während er mit mir redet.

»Ich wollte mich entschuldigen. Ehrlich. Ich habe irgendwie blöd reagiert, aber es ging einfach nicht in meinen Kopf, dass du tatsächlich *David Copperfield* gelesen hast. Ich meine, ich würde dir schon einiges zutrauen, aber so ein Wälzer. Das passt nicht zu dir.«

»Verstehe«, sage ich. »Du denkst, ich bin zu dumm dafür.«

Jake lässt die Krawatte los und sieht mir in die Augen. »Nein, bestimmt nicht. Aber du siehst aus wie jemand, der Besseres vorhat. Jemand, der ...« Er zieht die Schultern nach oben, »Sachen macht, die mehr Spaß bringen.«

Ich muss lachen. »Du hast Recht mit dem dicken Wälzer, das ist eigentlich nicht mein Ding. Aber nachdem ich das Buch schon zu Hause hatte und Lina mit mir angefangen hatte zu lesen … Ich konnte einfach nicht aufhören. Aber ich hatte keine Ahnung, dass es zum Wettbewerb gehört. Bestimmt haben die noch mehr Überraschungen für uns parat.«

Jake sagt nichts und sieht nach oben zum Friedhof.

»Du nimmst das alles ganz schön ernst, oder?«, frage ich.

Jake rollt die Augen. »Ich habe keine Wahl. Monatelang habe ich darauf gehofft, ausgesucht zu werden, aber erst als der Wettbewerb angefangen hat, ist mir klar geworden, was das wirklich bedeutet. Vor allem mit niemandem darüber zu reden, fällt mir schwer. Als ich damals Kapitän der Fußballmannschaft wurde, habe ich es jedem erzählt, der mir über den Weg gelaufen ist.«

Er kickt mit dem Fuß nach ein paar Steinchen am Boden. »Wo ist eigentlich deine Freundin?«

»Lange Geschichte«, sage ich. »Ich hoffe nur, dass sie pünktlich auftaucht.«

»Genau wie Archie«, sagt Jake. »Liebt das Drama. Wahrscheinlich hat er sich hinter einem Busch versteckt und springt hervor, kurz bevor die Zeit abläuft.«

Wir lachen beide.

»Ich hoffe, zwischen uns ist alles wieder okay. Du bist echt nett. Anders als die Mädchen, die ich kenne.« Er verschluckt sich und fängt ein bisschen an zu husten. »Ich meine, äh, auf meine Schule gehen ja keine Mädchen … Also, wenn Archie und ich nicht gewinnen, dann würde ich euch beiden den Sieg sogar gönnen.«

»Mal sehen, ob wir eine Chance gegen euch haben. Ich kann mir gar nicht vorstellen zu gewinnen.« Ich merke, dass ich angefangen habe auf einer Haarsträhne zu kauen und schiebe sie rasch nach hinten. »Außerdem fragen sie einen dann, was man mit dem Preisgeld anfangen will und mir fällt nichts Vernünftiges ein. Ich kann ja schlecht sagen, ich will für eine Nacht das London Eye mieten und dann ganz alleine da oben sitzen und auf die Stadt sehen. Obwohl ich mir das ziemlich toll vorstelle.«

Jake kommt nicht dazu, etwas zu sagen, denn in diesem Moment springt Archie von hinten auf seinen Rücken und hält sich mit den Armen an seinen Schultern fest. Er hat sich heute die blonden Haare wie Stachel nach oben gegelt und beim Lachen sehe ich zum ersten Mal die große Lücke zwischen seinen Schneidezähnen.

»Archie, was soll der Blödsinn?« Jake schüttelt ihn ab.

»Ich bin so aufgeregt, nur noch eine Runde bis zum Finale«, brüllt Archie. »Komm schon …«, und er stürzt die Treppen nach oben.

»Sieht so aus, als sollte ich besser auch gehen«, sagt Jake.

Als er sich umdreht, halte ich ihn am Arm fest. »Du hast was auf deiner Jacke. Da am Rücken«, sage ich.

Jake zieht die Jacke aus und wischt die gelben Flecken ab. »Das kommt, weil ich ständig im Garten sitze und mich an einer Fichte anlehne. Meine Mutter bringt mir zwar immer einen Klappstuhl, aber ich sitze lieber auf dem Boden.«

Für eine Sekunde kann ich Jake sehen, wie er sich an den Baum lehnt, und jetzt verstehe ich auch, warum er so nach Wald riecht.

Als Jake bereits die ersten drei Treppen nach oben gestiegen ist, dreht er sich um. »Weißt du, eins wollte ich dir noch sagen. Bei uns an der Schule reden alle immer über den Wettbewerb, vor allem die älteren Schüler, die mal mitgemacht haben. Manchmal geht es ziemlich hart zu. Es ist ein bisschen wie beim Kickboxen, sämtliche schmutzigen Tricks sind erlaubt.« Er lehnt sich etwas zurück und sieht mich irgendwie seltsam an. »Ich sage das nur, weil du ...«, dann verstummt er.

»Weil ich anders bin?«, frage ich.

»Nein«, sagt Jake. »Du siehst so ehrlich aus.«

Es ist zehn Minuten vor vier. Ich war mir so sicher, dass Lina auftauchen würde. Aber vielleicht kann sie gar nicht kommen. Was, wenn ihre Eltern sie eingesperrt haben?

Meine Sorge ist unbegründet. Denn in einiger Entfernung sehe ich, wie Lina die Straße entlanghopst. Sie trägt ihre Schuluniform und natürlich die Ringelstrümpfe. Anscheinend hat sie es nicht eilig.

Ich bin so glücklich, dass ich einfach losrennen muss. Ihr entgegen. Und ich renne so schnell, dass ich ein- oder zweimal stolpere und fast hinfalle. Als ich schließlich vor ihr stehe, habe ich keine Ahnung, was ich sagen soll. Also falle ich ihr um den Hals und lasse sie dann etwas verlegen wieder los. Sie riecht nach Milchshake und Kaugummi.

»Hallo«, sagt sie und schiebt mich etwas von sich. Dann runzelt sie die Stirn. »Du siehst müde aus. Deine Augen sind total rot.«

»Ich bin so froh, dass du hier bist«, sage ich und für einen Moment ist es das Einzige, was zählt.

»Das war echt nicht leicht«, sagt Lina und grinst dabei von einem Ohr bis zum anderen. »Ich habe das ganze Wochenende gebettelt, wenigstens in die chinesische Schule zu gehen. Gestern habe ich gesagt, ich würde aufhören zu essen, wenn ich nicht gehen dürfte. Das hat gezogen. Meine Eltern können sich nichts Schlimmeres vorstellen als ein Kind, das nicht mehr isst.«

Wir laufen langsam zurück in Richtung der Kirche. »Mein Vater hat gesagt, er bringt mich persönlich hin. Also hat er an der Tür gewartet, bis ich drinnen war. Ich bin sofort auf die Toilette gerannt. Da gab's aber kein Fenster, durch das ich gepasst hätte. Aber die haben so eine kleine Teeküche. Das Fenster da ist größer und führt in den Garten. Und von da an war alles ganz einfach. Schwups, hier bin ich.« Sie breitet theatralisch ihre Arme aus und macht einen großen Sprung.

Ich frage: »Und dein Vater? Wo ist der jetzt?«

»Wartet in der Nähe der Schule«, sagt Lina. »Ich hoffe nur, ich bin rechtzeitig zurück.«

Wir stehen an den Stufen.

»Hast du die Bücher über Thomas Hardy gelesen?«, frage ich.

»Gelesen?«, fragt sie zurück. »Ich habe sie auswendig gelernt. Heute mache ich keine drei Fehler.«

Wir steigen die Stufen hinauf und stehen vor dem Eingang der Kirche. Der Friedhof umgibt das Gebäude. Lina läuft los. »Hier entlang«, ruft sie.

Wir kommen an den ersten Gräbern vorbei. Sie stehen weit auseinander, als gehörten sie zu Leuten, die auch tot jede Menge

Platz beanspruchen. Nicht so wie die Gräber auf Papas Friedhof, an denen man sich kaum vorbeidrängen kann, ohne auf die nächste Umrandung zu treten. Während mir wieder die Bilder seiner Beerdigung durch den Kopf schießen, werden meine Beine ganz schwer und ich versuche mich auf Lina zu konzentrieren, die ein paar Schritte vor mir läuft.

Sie dreht sich zu mir um. »Was hast du denn?«, fragt sie. »Du siehst ja total blass aus.«

Sie kramt in ihrer Tasche und ein paar Zettel, eng beschmiert mit chinesischen Schriftzeichen, fallen heraus. Als sie gefunden hat, was sie sucht, stopft sie die Zettel zurück in die Tasche.

»Hier, beiß mal ab.« Sie hält mir einen Keks entgegen, der eine unnatürliche rosa Farbe hat.

»Nein«, sage ich. »Es hat nichts mit Essen zu tun. Ich habe einfach ein Problem mit Friedhöfen. Seit der Beerdigung meines Vaters bin ich auf keinem mehr gewesen.«

Lina steckt den ganzen Keks auf einmal in ihren Mund. »Komm her«, ruft sie und dabei fallen ein paar Krümel auf den Boden. Ich gehe etwas nach vorne und sie hakt sich bei mir ein. »Heute werden andere Leute ein Problem mit Friedhöfen haben, aber nicht du.« Sie deutet mit dem Finger auf einen Baum, der in einiger Entfernung steht. Darum herum haben sich schon alle anderen eingefunden.

Jake und Archie sehe ich zuerst. Sie stecken die Köpfe zusammen und Jake muss sich dafür ganz schön nach unten beugen.

Die Zwillinge stehen auf der anderen Seite dicht bei der kleinen Hecke, die den gesamten Baum säumt. Beide haben ihre Krawatten nach hinten über die Schulter geschlagen und die Hemdsärmel nach oben gekrempelt, als wollten sie in einen Boxring steigen. Ich muss daran denken, was Jake gesagt hat. Sämtliche schmutzigen Tricks sind erlaubt.

Ich hätte mir den Baum kleiner vorgestellt. Aber es ist natürlich Lichtjahre her, dass der Dichter Thomas Hardy hier seine Grabsteine platzierte. Wenn man bedenkt, dass er sie eigentlich nur aus dem Weg schaffen sollte, ist inzwischen etwas ziemlich Seltsames dabei herausgekommen. In runden Kreisen wie Dominosteine, die sich überlappen, liegen sie in mehreren Schichten um den Baum gereiht. Im Laufe der Jahre sind Wurzeln darüber gewachsen und die Steine sehen aus, als gehörten sie schon immer zum Baum.

Wir laufen dichter heran und dann sehe ich auch das letzte Team. Das Mädchen mit der Brille und ihren Partner, deren Blicke an uns haften bleiben. Und sie sieht uns so starr an, dass ich ihr am liebsten die Zunge herausstrecken möchte.

»Bitte recht freundlich«, höre ich Mr Moores Stimme. Ich hatte ihn vorher nicht entdeckt, weil er direkt hinter dem Baum stand. »Ich habe bereits erklärt, dass es keinen Grund gibt, Team St. Claudia vom Wettbewerb zu disqualifizieren. Genau wie alle anderen hattet ihr die Möglichkeit, euch gut vorzubereiten, und ihr habt sie genutzt. Nachdem das geklärt worden ist, sollten wir zivilisiert miteinander umgehen.«

Mr Moore trägt heute einen hellen Anzug. So hell, dass man kaum zwischen seiner Gesichtsfarbe und dem Jackett unterscheiden kann. In der rechten Hand hält er eine dicke Aktentasche, die ihn nach unten zu ziehen scheint.

»So, so«, er lächelt ein bisschen. »Da sind alle Teilnehmer

pünktlich, aber Mrs Dorsett steckt im Stau fest. Wir fangen also etwas später an. Ihr könnt euch noch ein paar Minuten umsehen. Seid um Viertel nach vier wieder zurück.«

»Oh nein«, rutscht es mir heraus. »Lina, du wirst zu spät zur chinesischen Schule zurückkommen.«

Sie ist schon wieder unterwegs in die entgegengesetzte Richtung. »Eins nach dem anderen«, sagt sie. »Jetzt ist erst mal wichtig, dass wir heute nicht ausscheiden.«

Wir gehen auf Lehmwegen zwischen den Wiesen und Denkmälern. Es ist tröstlich, dass dieser Friedhof eher an einen kleinen Park erinnert als an den traurigen Ort, wo Papa begraben liegt. Ich glaube nicht daran, dass einem die Toten vom Himmel aus zuschauen, trotzdem weiß ich, Papa würde es gefallen, mich hier zu sehen. Lauter berühmte Londoner liegen auf dem Friedhof begraben. Obwohl ich die Namen, die ich entziffere, noch nie vorher gehört habe.

Die großen Bäume bilden ein schattiges Dach und ich vergesse für einen Moment, wo wir sind und was wir hier machen.

Auf einmal fällt mir etwas auf die Füße. Lina bückt sich schneller als ich und gibt einem kleinen Jungen mit dunkelblondem Lockenkopf seinen Plastikbagger zurück. Er sieht sie erschrocken an und verkriecht sich unter den Beinen seiner Mutter, die auf einer Bank sitzt.

»Danke«, sagt die Mutter. »Dexter erprobt gerade die Schwerkraft. Er wirft Dinge nach oben, nach unten oder auf Leute, die gerade vorbeilaufen.« Sie lacht und schaut in die Baumkronen. »Das hier ist ein fantastischer Ort dafür, oder was meint ihr?«

»Besser wäre ein Fenster in einem Hochhaus«, sagt Lina. »Aber ich nehme an, das wäre zu gefährlich«, fügt sie hinzu und bückt sich, um einen Blick auf Dexter zu werfen.

»Du hast Recht«, sagt seine Mutter, »für echte Schwerkraftexperimente ist er noch zu jung. Andererseits, man kann nie früh genug damit anfangen.«

Natürlich fängt Lina heftig an zu nicken, weil ihr die Papageien durch den Kopf gehen.

Die Frau sieht ihrem Sohn nicht besonders ähnlich. Ihre Haare sind pechschwarz und kinnlang. Vielleicht sehen sie auch nur so schwarz aus, weil ihre Haut so blass ist.

»Ich bin in einer Wohnung im achten Stock aufgewachsen. In so einem Wolkenkratzer bekommt man das richtige Gefühl für die Schwerkraft. Vielleicht bin ich deshalb Architektin geworden. Dexter wird früher oder später viel über Wolkenkratzer erfahren, hoffe ich.« Wenn sie lacht, hat sie zwei tiefe Grübchen auf den Wangen, so wie Mama und wie Jimmie.

»Architektin«, sage ich. »So wie Thomas Hardy.«

Sie schaut mich erstaunt an. »Du weißt, dass Hardy auch Architekt war? Unglaublich, was ihr Kinder heute alles in der Schule lernt.«

»Wir sind hier wegen des Baums, um den er die Grabsteine gelegt hat.«

Die Frau nickt. »Ist es nicht erstaunlich, dass Hardy uns nicht nur so schöne Gedichte und Romane hinterlassen hat, sondern auch dieses Denkmal? Es ist ein echtes Kunstwerk, finde ich.«

Ein paar Meter entfernt sehe ich Jake und Archie vorbeigehen. Archie zeigt auf das Dach der Kirche und redet dabei auf Jake ein, aber Jake sieht zu mir.

Ich bin abgetaucht, während Lina und die Frau über den Hardy-Baum reden. Jake tut so, als wäre seine Hand ein Schnabel, der sich öffnet und schließt. Mit der anderen Hand deutet er auf Archie. Dabei grinst er breit.

Lina zieht so heftig an meinem Kleid, dass ich fast umfalle. »Ich hoffe, du hast gut zugehört«, sagt sie und sieht dabei in Jakes Richtung. »Das könnte nachher noch wichtig werden.«

Ich habe keine Ahnung, wovon sie redet, nicke aber trotzdem. Im nächsten Augenblick ist nichts mehr zu verstehen, denn Dexter ist unerklärlicherweise in lautes Gebrüll ausgebrochen. Seine Stimme hallt über den Friedhof und alle Leute in Sichtweite drehen sich zu uns um. Seine Mutter beginnt hektisch in ihrer Tasche zu kramen. Ich beuge mich etwas nach vorne, um zu verstehen, was sie sagt.

»Ich kann seinen Schnuller nicht finden«, höre ich und da erinnere ich mich an ein rotes Stück Plastik, das ich bei den Treppen gesehen habe, und sprinte los.

Der Schnuller liegt noch da, aber er ist mit Dreck verklebt. Ich wische ihn an meinem Kleid ab, bevor ich zurückrenne und ihn Dexters Mutter in die Hand drücke. Sie zieht eine Wasserflasche aus dem unteren Fach des Buggys hervor und spült den Schnuller ab.

Dexter springt dabei auf der Stelle auf und ab, hört aber leider nicht auf zu brüllen. Erst als der Schnuller in seinem Mund landet, ist er still.

»Er könnte auch irgendwas mit seiner Stimme machen«, sagt Lina und sieht sehr ernst dabei aus. »Wenn er musikalisch ist, wird er vielleicht Opernsänger, wenn nicht, General beim Militär.«

Dexters Mutter streicht sich die Haare hinter die Ohren. »Mir wäre es lieber, wenn er auch Architekt würde«, sagt sie.

»Man sollte Kinder nicht dazu zwingen, dasselbe zu machen wie ihre Eltern. Jeder weiß doch am besten, was er gut kann«, sagt Lina.

Jetzt lächelt die Frau. »Das stimmt natürlich«, sagt sie und steht auf. »Es hat mich wirklich gefreut, zwei so interessante Mädchen wie euch kennenzulernen. Und vielen Dank für den Schnuller. Ich hoffe, ihr findet hier, was ihr sucht.«

Sie hat Dexter schon in den Wagen verstaut und fährt in Richtung der Treppen.

»Woher weiß sie denn, dass wir was suchen?«, frage ich Lina, aber sie ist schon losgelaufen zum Hardy-Baum. Und wieder sind wir die Letzten, die eintreffen.

Als wir näher kommen, sehe ich nicht nur die übrigen sechs Teilnehmer, Mr Moore und Mrs Dorsett am Baum stehen, es sind noch mehr Erwachsene dort. Eine große schlanke Frau im grauen Kostüm, ein dicker untersetzter Mann mit Glatze und, direkt hinter Jake, ein Mann, der selbst Jake um zwei Köpfe überragt. Er trägt einen schwarzen Anzug, darunter ein weit aufgeknöpftes weißes Hemd. Er ist braun gebrannt und sieht aus, als wäre er gerade von einem Werbeplakat gesprungen. Eine Hand hat er auf Jakes Schulter gelegt.

Wahrscheinlich liegt es daran, dass ich den Mann hinter Jake so anstarre, und dadurch die größte Überraschung erst zum Schluss erkenne.

Direkt neben Mr Moore und Mrs Dorsett winkt sie mir mit einem Taschentuch zu.

Miese Tricks

Schwester Greta trägt einen schwarzen Rock, einen schwarzen Blazer und eine weiße Bluse. Zum ersten Mal sieht sie so ähnlich aus wie eine Nonne, wenn da nicht das grüne Halstuch mit den Blumen wäre. Es flattert ihr fast davon, als ein heftiger Windstoß über den Friedhof fegt.

Mir gehen so viele Dinge gleichzeitig durch den Kopf, dass ich erst gar nicht bemerke, wie Lina nach meiner Hand greift. Obwohl Schwester Greta uns jetzt zulächelt, kann ich die Wut in ihren Augen erkennen.

Ich denke an unser letztes Gespräch, als sie mir verboten hat, Lina zu sehen.

»Wie schön, dass wir vollzählig sind«, ertönt Mr Moores tiefe Stimme. »Ich sehe ein paar überraschte Gesichter. In der Tat haben wir es mit einer kleinen Regeländerung zu tun. Normalerweise laden wir die Direktoren der teilnehmenden Schulen erst zum Finale ein. Dieses Jahr haben wir eine Ausnahme gemacht.« Er reibt sich die Augen, als hätte er ein Sandkorn hineinbekommen. Mrs Dorsett steht steif neben ihm.

»Es kam ja in der letzten Runde zu massiven Anschuldigungen. Und da dachten wir, es wäre gut, vor dem Finale auch die Direktoren einzubeziehen.«

Jetzt fangen alle gleichzeitig an zu reden. Lina lässt meine Hand wieder los. »Das gab es doch noch nie. Glauben die etwa immer noch, wir hätten in der letzten Runde betrogen? Alle anderen bekommen jetzt Hilfe von ihren Direktoren und wir müssen uns mit Schwester Greta herumschlagen.«

Sie hat Recht. Schwester Greta sieht so aus, als wollte sie uns am liebsten den Hals umdrehen. Sie hat ihre Hände ganz fest gefaltet und ich kann sehen, wie ihre Knöchel sich weiß verfärben.

Mr Moore dreht sich immer wieder zu Mrs Dorsett, aber die bleibt stumm. Nur ihre Oberlippe zuckt und sie rümpft die Nase.

»Also, die Regel lautet, euer Direktor – oder eure Direktorin – überwacht die Beantwortung der Fragen. Selbstverständlich dürfen sie euch nicht bei der Lösung der Aufgaben helfen.«

Wieder reden alle durcheinander. Ich sehe, wie Jake ungläubig den Kopf schüttelt und das Mädchen von Team Eastminster theatralisch die Hände ausbreitet.

Ein lauter schriller Pfiff bringt mein Trommelfell fast zum Platzen.

»Geht zu euren Direktoren«, kommandiert Mrs Dorsett. »Wir beginnen mit den Fragen.«

»Ein freundliches Hallo hätte es auch getan«, murmele ich und Lina muss lachen.

»Auf in den Kampf«, flüstert sie.

Schwester Greta riecht nach Lavendel. Vermutlich hat sie ein paar Kissen davon im Schrank liegen, gegen Motten. Und dieses schwarze Outfit hing sicher seit Jahren daneben.

Sie grüßt uns mit einem Kopfnicken und liest uns dann die Fragen vor, während Lina und ich auf unsere Schuhe starren.

Lina hält einen Block in der Hand und presst die Kante in ihren Bauch. Sie kaut auf ihrer Unterlippe und kritzelt angestrengt mit.

Natürlich sind einige Fragen dabei über die Kirche und den Friedhof. Wie ich vermutet habe, liegen hier jede Menge Berühmtheiten begraben und irgendwann mal waren sogar die Beatles hier zum Fotoshooting. Lina ist nicht anzumerken, ob sie die Fragen beantworten kann.

Einmal sehe ich aus den Augenwinkeln, dass Schwester Greta verwundert auf Linas Block starrt. Als hätte sie etwas völlig anderes erwartet.

»Letzte Frage«, sagt Schwester Greta mit spitzen Lippen. »Thomas Hardy hat uns nicht nur viele berühmte Gedichte hinterlassen, sondern auch Romane und Stücke für die Bühne. Welches von Hardys Bühnenwerken basiert auf der alten Legende von *Tristan und Isolde*?«

Links von mir steht das Mädchen von Eastminster. Sie murmelt *Tess von den d'Urbervilles* und der Junge neben ihr schreibt mit.

Ein paar Sekunden später sitze ich neben Lina auf einer Parkbank. Schwester Greta steht dahinter und sieht auf den Block mit den Antworten.

»Ich bin mir bei allen Fragen ganz sicher«, sagt Lina, »nur nicht bei der allerletzten. *Tess von den d'Urbervilles* ist sehr bekannt. Hardy hat sich immer von alten Legenden beeinflussen lassen. Aber *Tristan und Isolde,* ich weiß nicht …«

»Ist *Tess von den'Urbervilles* eine Liebesgeschichte?«, frage ich.

»Ich glaube eher was Tragisches«, sagt Lina.

»Dann muss es *Die berühmte Tragödie der Königin von Cornwall* sein«, sage ich.

Schwester Greta und Lina starren mich beide an.

»Ich bin mir ganz sicher. Außerdem haben die Idioten von Eastminster School ganz laut *Tess von den d'Urbervilles* gesagt. Als ob ich darauf reinfallen würde!«

Schwester Gretas Gesicht läuft rot an. Es ist ziemlich eindeutig, dass ihr meine Ausdrucksweise nicht gefällt. Aber zum Glück darf sie ja nichts sagen.

»Vielleicht hast du Recht.« Lina streicht ihre Antwort durch und schreibt meine darüber.

Die Zettel werden eingesammelt. Schwester Greta setzt sich auf die Bank neben uns. Keine sagt ein Wort. Ein Windstoß fährt durch die Bäume über uns und ein gelbes Blatt landet direkt vor meinen Füßen.

»Wie soll ich das bloß euren Eltern erklären?« Schwester Greta spricht so leise, dass ich mir nicht sicher bin, ob sie einfach nur mit sich selbst redet.

»Im Moment wäre es günstig, wenn Sie erst mal gar nicht mit ihnen reden«, schlägt Lina vor.

»Du hast eine bemerkenswert klare Stimme«, sagt Schwester Greta. »Wirklich eine Tragödie, dass du sie in der Schule nicht benutzt. Und, Tabby …«, sie dreht sich zu mir, »mir wurde bereits mitgeteilt, dass du Interesse an Literatur entwickelt hast, aber wieso du ausgerechnet eines der unbekannten Stücke von Thomas Hardy kennst, ist mir ein Rätsel.«

»Zufall«, sage ich. »Na ja, vielleicht habe ich einfach nur genauer hingehört, weil ich wusste, dass es im Wettbewerb um Thomas Hardy geht.«

Ich muss an Hector denken, der tatsächlich alle Sachen von Hardy gelesen hat. Er sollte hier sitzen.

»Warum haben Sie eigentlich uns ausgesucht?«, frage ich Schwester Greta. »Bestimmt gibt es bessere Kandidaten in St. Claudia.«

Schwester Greta lächelt gequält. »Ich fand einfach, ihr beiden habt eine Chance verdient. Und offensichtlich war es eine gute Entscheidung.«

Ich kann mir nicht helfen, irgendwie sieht sie unglücklich aus. Vielleicht liegt es an diesem Nonnen-Outfit.

Schwester Greta räuspert sich und lässt ihren Blick über den Friedhof schweifen. »Wir sollten nicht darüber sprechen. Die Regeln des Wettbewerbs haben sich nicht geändert. Und auch wenn ihr euch hier gut schlagt, muss ich trotzdem darauf bestehen, dass ihr Abstand voneinander haltet. Ich will gar nicht wissen, was ihr euren Eltern erzählt habt.«

Ich ziehe die Augenbrauen übertrieben nach oben. »Aber, Schwester Greta, das wäre doch vollkommen gegen die Wettbewerbsregeln. Wir dürfen unseren Eltern nicht erzählen, wo wir sind.«

Mr Moore läuft zu unserer Bank.

Sein Mondgesicht zeigt zum ersten Mal, seit ich ihn kenne, ein paar Falten. Er schüttelt leicht den Kopf. Ich finde, er sieht aus wie eine Wachsfigur.

Er hält vor Schwester Greta an und beginnt zu sprechen, aber seine Augen sehen über sie hinweg in die Bäume.

»Es ist mir schrecklich, wirklich schrecklich unangenehm. Ich weiß gar nicht, wie ich anfangen soll …«

Schwester Greta stellt sich ganz gerade hin, und weil sie ziemlich groß ist, wird es jetzt schwer für Mr Moore, über sie hinwegzuschauen. In einiger Entfernung stehen die anderen Teilnehmer und beobachten uns.

»Mr Moore, stimmt etwas nicht mit den Fragebögen?« Schwester Greta hat ihr geduldiges Lächeln aufgesetzt, das sie auch immer zeigt, wenn sie die blaue Gruppe besucht.

»Nein, nein. Das ist es nicht.« Eine Fliege landet genau auf Mr Moores Nase, aber er scheint sie nicht einmal zu bemerken. »Mit den Fragebögen ist alles bestens, um nicht zu sagen hervorragend.«

Mrs Dorsett kommt auf uns zu.

»Schwester Greta«, sagt Mr Moore und schluckt, »ist Ihnen irgendein nicht ordnungsgemäßes Verhalten während der letzten Fragerunde aufgefallen?«

Mein Herz klopft wie wild und ohne nachzudenken rufe ich laut: »Schon wieder wir? Das kann ja wohl nicht wahr sein! Was soll denn das?«

Die Fliege auf Mr Moores Nase hat sich verdrückt, als ich angefangen habe zu schreien. Ich spüre Linas Hand an meinem Arm. Sie versucht mich zurückzuziehen.

»Ich muss doch sehr bitten«, Mrs Dorsett steht neben uns. Sie ist so ruhig, dass ich automatisch wieder langsamer atme. Fast in Zeitlupe streckt sie die Hand aus und hält Lina ein Smartphone entgegen, das mit lila Steinen besetzt ist. »Ist das deins?«

Lina schüttelt den Kopf. Sie sieht zu Schwester Greta, aber die zuckt nur mit den Schultern.

»Wie erklärst du dir dann das?«, fragt Mrs Dorsett. Sie drückt auf einen Knopf und hält uns das Display des Smartphones entgegen. Es zeigt lauter chinesische Schriftzeichen, nur ab und zu taucht etwas in lateinischen Buchstaben auf: *Thomas Hardy*.

»Du kennst die Spielregeln?«, fragt Mrs Dorsett und zieht eine Augenbraue nach oben. »Das Mitbringen von Smartphones zum Wettbewerb ist nicht gestattet.«

Lina nickt.

»Sie hat kein Smartphone«, rufe ich. »Deshalb kann sie auch keins mitbringen. Das Ding kann doch jedem gehören. Nur weil da ein paar Schriftzeichen draufstehen, ist es kein Beweis.« Inzwischen bin ich nur noch sauer. Jetzt stand schon die ganze Zeit Schwester Greta als Aufpasserin neben uns und immer noch denken alle, wir wären Betrüger.

»Es ist nicht nur das«, sagt Mrs Dorsett, so langsam, dass man förmlich sehen kann, wie ihr Gehirn arbeitet. Sie dreht sich zum Hardy-Baum um und ruft: »Hanna. Komm mal hierher.«

Aus der Gruppe der Wartenden geht die kleinste Person los und jetzt höre ich zum ersten Mal den Namen des Eichhörnchen-Mädchens. Sie schlurft auf uns zu, ihre Sandalen stoßen dabei kleine Steinchen auf. Schließlich steht sie neben Mrs Dorsett. Ich starre ihr ins Gesicht, aber sie erwidert meinen Blick nicht.

»Hanna hier«, sagt Mrs Dorsett, »hat Lina heute gesehen. Kurz vor dem Wettbewerb hatte sie dieses Smartphone in der Hand. Das stimmt doch, Hanna?«

Das Mädchen nickt und ihr Pony, der zu lang ist, wischt

über ihre Brillengläser. Sie sieht auf den Boden, aber ich bemerke, wie ihre Mundwinkel zucken. Jimmie hat mir beigebracht, dass Mundwinkelzucken ein schlechtes Zeichen ist. Wer mit den Mundwinkeln zuckt, lügt.

»Sie lügt«, rufe ich. »Man kann genau sehen, dass sie lügt.«

Weil ich so wütend bin, mache ich etwas, das ich mich normalerweise nicht trauen würde. Es fühlt sich ein bisschen so an, als würde es nicht wirklich passieren, als würde ich mir selbst dabei zuschauen. Ich springe nach vorne und reiße Mrs Dorsett das Smartphone aus der Hand.

Mrs Dorsett ist so erstaunt, dass sie erst mal gar nichts macht. Und das gibt mir Gelegenheit, das Telefon genauer zu untersuchen.

»Ha!«, rufe ich in einer mir unbekannten wütenden Stimme. »Wer hat denn heute noch so ein altes Modell? Das stinkt doch zum Himmel. Fällt ja fast auseinander.«

Nur weil ich selber kein Smartphone habe, heißt das ja schließlich nicht, dass ich mich nicht damit auskenne. Jimmie hat immer ein Smartphone, manchmal sogar zwei oder drei, und er lässt mich damit spielen, wenn er mal zu Hause ist. Er würde mir auch eins schenken, aber Mama hat es ihm verboten, und er will nicht, dass sie sauer auf ihn wird.

Es dauert keine fünf Sekunden, dann bin ich im E-Mail-Programm. Leer. SMS – keine. Irgendwelche Apps – Fehlanzeige. Vermutlich gab es noch keine Apps, als dieses Gerät entwickelt wurde. Und selbst im Telefonverzeichnis steht kein einziger Anruf, kein Kontakt ist gespeichert. Das stinkt zum Himmel.

»Hier«, rufe ich dann. »Dieses Smartphone ist so leer wie

Westminster Abbey bei Nacht. Hat sich schon mal jemand den Browserverlauf angesehen?«

Mein Geschrei hat die anderen angelockt. Jake steht direkt neben mir und auf einmal habe ich das Gefühl, mir würde die Luft ausgehen. Die ganze Wut ist verflogen und stattdessen, beginne ich zu zittern. Nacheinander sehe ich zu Mr Moore, Mrs Dorsett und Schwester Greta, die alle den gleichen schockierten Gesichtsausdruck haben. Gerade öffnet Mrs Dorsett den Mund, da hat Jake mir das Smartphone aus der Hand genommen.

»Tabatha hat Recht«, ich zucke zusammen, als er meinen Namen ausspricht. »Alle Eingaben auf diesem Smartphone sind gelöscht. Jemand hat Thomas Hardy gegoogelt und das Programm zur Übersetzung ins Chinesische eingeschaltet. Auf jeden Fall sehr merkwürdig.«

Der Wind hat sich inzwischen in einen leichten Sturm verwandelt. Die Blätter in den Bäumen rascheln und mehr und mehr fallen zu Boden. Hinter Jake tritt die Frau im grauen Kostüm nach vorne. Sie erscheint mir noch ziemlich jung für eine Direktorin, aber sie muss zu Hanna und ihrem Partner gehören. Ihr Gesicht hat die Farbe von Haselnüssen, ihre Haare sind blond und glatt.

»Lass mal sehen«, sagt sie und nimmt Jake das Smartphone ab. Sie dreht es von hinten nach vorne, fährt mit ihren Fingern über die aufgeklebten Steine und hält es schließlich mit angewinkeltem Arm vor sich. Dann dreht sie sich zu Hanna.

»Ich kenne dieses Smartphone«, sagt sie eindringlich.

Jetzt schauen alle zu Hanna, die auf das Telefon starrt und anfängt heftig zu blinzeln.

»Vor ungefähr drei Jahren habe ich es dir einmal im Unterricht abgenommen. Du hast es damals bei mir abgeholt und mir erzählt, dass dein Vater es dir geschenkt hat und du dir für jede Eins im Zeugnis einen dieser Steine daraufkleben durftest.«

Aus irgendeinem Grund kann ich nicht anders und muss dauernd Mrs Dorsett anschauen. Außer einer Falte auf ihrer Stirn, die tiefer zu werden scheint, ist keine Regung in ihrem Gesicht zu erkennen.

Hannas Direktorin ist noch nicht fertig. Während sie spricht, schwenkt sie das Smartphone von einer Seite zur anderen, wie eine Fahne. »Und obwohl ich eigentlich deine Eltern hätte benachrichtigen müssen und laut Schulordnung das Smartphone für mindestens eine Woche konfiszieren, habe ich es dir zurückgegeben. Ich wollte dir nichts wegnehmen, woran dein Herz so hängt. Wobei das ja offensichtlich gelogen war. Aber das ist kein Vergleich zu dem, was du heute abgezogen hast.«

Mrs Dorsett hat sich inzwischen von den Unglaublichkeiten, die sie gerade erfahren hat, erholt und schreitet ein. »Hanna, ist das wahr? Ist das dein Smartphone, das du Team St. Claudia unterschieben wolltest?«

Hanna hat die Augen zusammengekniffen, aber sie sagt kein Wort. Dafür fängt ihr Partner leise an zu wimmern. »Es war eine dumme Idee. Es tut mir so leid«, kann man schließlich verstehen und seine Direktorin geht zu ihm und schiebt ihn zur Seite.

»Das können wir wohl als Geständnis werten«, sagt sie. »Kommt mit.«

Die Direktorin nimmt Hanna auf die eine Seite, den Jungen auf die andere und schiebt sie in Richtung Kirche, weg von uns, ohne ein einziges weiteres Wort zu verlieren. Bald kann man nur noch ein Dreieck erkennen, als sie gemeinsam die Treppen hinunter zur Straße gehen.

Mr Moore hält sich an einem Stapel Papier fest, den ihm einer seiner Assistenten in die Hand drückt. Mrs Dorsett räuspert sich. »Wir sollten trotzdem die Resultate verkünden.«

Der Sturm zerrt an den Papieren und Mr Moore versucht verzweifelt sie festzuhalten. »Die Ergebnisse, natürlich«, er tastet seinen Kopf ab, als würde er nach einer Brille suchen, aber ich habe noch nie gesehen, dass er eine trägt. »Es ist ungewöhnlich, aber alle Teams haben heute die volle Punktzahl erreicht.« Mir fällt auf, wie er Schwester Greta einen Blick zuwirft. »Aber nachdem die Eastminster School ausgeschieden ist, denke ich, unsere drei Finalisten stehen fest.«

Keiner jubelt, nur einer der Zwillinge streckt die Faust nach oben, sein Bruder stößt ihn in die Rippen. Lina atmet laut aus und ich merke am Kokosnuss-Milchshake-Geruch, wie dicht sie hinter mir steht.

»Ihr erhaltet eine offizielle Einladung zum Finale, das noch in dieser Woche stattfinden wird. Wie ihr sicher wisst, müsst ihr die Teilnahme am Finale nicht geheim halten. Jeder Teilnehmer darf drei Zuschauer mitbringen. Mehr sind allerdings nicht gestattet. Ich erinnere mich, dass letztes Jahr das Finale zu einer Art Sportveranstaltung ausgeartet ist …« Mrs Dorsett fängt an zu husten und unterbricht ihren Satz. »Der Tag heute verlief anders, als wir es uns vorgestellt haben. Seid trotzdem stolz darauf, im Finale von *Londons Zirkel* zu stehen.«

Lina tippt an meine Schulter. Sie zeigt auf ihre Uhr. Vor Entsetzen stockt mir der Atem. Es ist fast halb sechs.

Der letzte Hinweis

Es ist Donnerstagmorgen und neben mir läuft Mrs Harmston. Genau: Die Mrs Harmston von oben, die immer ihren Mann anschreit. Sie ist jetzt mein Babysitter oder mein Bodyguard, wie man's nimmt. Mama konnte niemand anders finden und Mrs Harmston verlangt nicht viel. Kostenloses Haareschneiden und Färben und freien Zugang zu Mamas Kühlschrank. Als ob es da viel zu holen gäbe. Das Nervigste an Mrs Harmston ist, dass sie pausenlos redet. All die Worte, die Lina in der Schule einspart, scheinen ihren Weg in den Mund von Mrs Harmston gefunden zu haben.

Aber das Schlimmste ist: Sie folgt mir seit drei Tagen auf Schritt und Tritt. Es ist total peinlich, wie sie jeden Morgen mit mir zu St. Claudia läuft. Alle starren mich an. Am Tor übergibt sie mich an Schwester Greta, die mich wortlos zum Unterricht führt.

Lina habe ich seit Montag nicht gesehen, aber am Dienstagmorgen kam ein Junge aus der Zehnten auf mich zugerannt und hat mir einen Zettel in die Hand gedrückt.

Sie haben mich erwischt. Alles ist aufgeflogen. Auch die Sache mit der Doppelgängerin. Mama weint den ganzen Tag und Papa lässt das Essen anbrennen. Sie reden über eine Hauslehrerin. Wenn du den Treffpunkt fürs Finale kennst, hinterlasse eine Nachricht bei Haoming, der Kellnerin. Sie hilft mir.

Heute bringt Schwester Greta mich nicht ins Klassenzimmer. Wir laufen an der Tür vorbei, meine Gummisohlen quietschen auf dem Linoleumboden und Schwester Greta sagt kein Wort.

Am Ende des Gangs ist ihr Zimmer und sie deutet auf den Stuhl, der ihr gegenüber steht. Das letzte Mal habe ich hier gesessen, als sie mir *David Copperfield* in die Hand drückte.

»Tabatha«, sagt sie und macht ihren Mund ganz klein, bevor sie einen Seufzer ausstößt. »Deine Mutter ist verzweifelt. Weißt du das überhaupt?«

Ich nicke, aber Mama ist nicht verzweifelt. Sie ist wütend, weil ich mich wieder mit Lina getroffen habe, obwohl sie es verboten hat. Weil ich nach der Schule nicht gleich nach Hause gekommen bin. Weil jemand angerufen hat im Namen von Linas Eltern und sie beschimpft hat.

Ich weiß, wie es ist, wenn Mama wütend ist. Sie ist oft genug sauer auf Jimmie, öfter noch auf Gregg und ab und zu auf mich. Aber eins ist sie nicht. Sie ist nicht verzweifelt.

»Und, willst du nichts dagegen tun?«, fragt Schwester Greta.

Ich habe schon einiges versucht, um Mama zu beruhigen. Natürlich habe ich ihr auch von *Londons Zirkel* erzählt, davon, warum Lina und ich abgehauen waren. Und dass wir es ins Finale geschafft haben. Aber Mama wollte nichts davon hören. Ich bin mir nicht mal sicher, ob sie mir glaubt.

»Vielleicht könnte ich meine Mutter zum Finale von *Londons Zirkel* einladen?«, schlage ich vor und versuche möglichst ernst auszusehen.

»Du glaubst doch nicht im Ernst, dass du und Lina zum Finale gehen dürft?«, fragt Schwester Greta.

»Na ja«, schlage ich vor, »wenn Sie ein gutes Wort für uns bei unseren Eltern einlegen könnten.«

»Lina hat ihre Eltern Tag für Tag hintergangen und du hast mitgemacht. Wettbewerb hin oder her. Das sind schwere Vergehen. Ich hatte auf etwas mehr Einsicht gehofft.« Schwester Greta schüttelt den Kopf und zieht mühsam die Mundwinkel nach oben. »Auch wenn es gegen die Interessen von St. Claudia ist, ihr geht nicht zum Finale. Ich werde die Einladung an euch nicht weiterleiten. Ich fürchte, Linas Eltern haben die Absicht, sie von der Schule zu nehmen. Ich konnte ein Internat in Schottland empfehlen. Aber wenn ihr euch ruhig verhaltet, dann gibt es vielleicht eine Chance, dass ihr beide weiterhin St. Claudia besuchen könnt. Du verstehst mich?«

Wenn es mir die ganze Zeit noch ziemlich gleichgültig war, was Schwester Greta sagt, hat sie bei dem Wort Internat meine volle Aufmerksamkeit.

Das kann doch nur ein Witz sein, oder? Ich stelle mir Lina vor. Alleine in einem riesigen Anwesen, fernab von jeder Stadt, von jedem Zoo, vielleicht irgendwo in den schottischen Highlands. In einer Gegend, in der sie in den nächsten acht Jahren mit Sicherheit keinem Graupapageien begegnen würde. Mein Hals wird enger. Ich atme heftig und schnell.

Mit einiger Mühe schaffe ich es aufzustehen. »Ich habe verstanden«, murmele ich und warte auf Schwester Greta, die mich, ohne ein weiteres Wort zu sagen, an meinem Klassenzimmer abgibt.

Den ganzen Vormittag sitze ich mit gesenktem Kopf in der letzten Reihe. Hector sieht mich skeptisch von der Seite an. »Was ist denn mit dir passiert? Du siehst aus, als wäre dir schlecht. Hat bestimmt mit Schwester Greta zu tun, mir ist auch immer ganz flau im Magen, wenn sie mit mir redet.«

»Mir ist nicht schlecht«, sage ich. »Manchmal muss man eben klein beigeben, selbst wenn es um wichtige Dinge geht. Davon muss ich mich erst mal erholen.«

Hector schiebt sich die blütenweißen Ärmel seines Hemds nach oben und flüstert: »Passt du denn überhaupt nicht auf? Wir lesen jetzt schon seit einer Woche *Oliver Twist*. Die ganze Welt hat sich gegen ihn verschworen, aber er folgt trotzdem seinem Weg. Und bleibt dabei sogar freundlich.« Um seine Aussage zu bekräftigen, schlägt Hector mit der Faust auf den Tisch, aber keiner beachtet ihn.

Ich bin mir nicht mal sicher, worum es in *Oliver Twist* geht, aber Hector hat Recht. Wir sind zu nah am Ziel, um aufzugeben. Und genau deshalb fasse ich einen Entschluss.

Teil eins meines Plans setzt voraus, dass Claudio heute Kantinendienst hat. Doch er ist nicht zu sehen. Die dürre Küchenhilfe steht an der Essensausgabe. Aber dann öffnet sich die Küchentür und Claudio schiebt große Blechcontainer auf einem Rollwagen herein.

Ich warte, bis er alles entladen hat und wieder in der Küche verschwindet. Als niemand schaut, drücke ich die Tür auf, so schnell ich kann.

»Du schon wieder«, seufzt Claudio, der sich gerade die verschmierte Schürze neu bindet. »Wenn dich hier einer erwischt, gibt es Ärger. Hatte ich das nicht beim letzten Mal schon gesagt?«

»Claudio, bitte. Ich brauche dringend deine Hilfe. Lina und ich haben es ins Finale geschafft, aber Schwester Greta sagt, wir können nicht teilnehmen. Lina braucht das Geld für die Papageien und ich für Jimmie. Und ein Internat in Schottland wäre fürchterlich, da gibt es wahrscheinlich nicht mal Wellensittiche …« Ich muss kurz Luft holen, aber da spüre ich Claudios festen Griff um meinen Unterarm.

»Ich habe nicht die geringste Ahnung, wovon du redest. Du klingst wie die Niagarafälle, wenn man direkt daneben steht. Mein Trommelfell ist damals fast geplatzt«, Claudio reibt sich sein enorm großes Ohr.

»Aber du hast uns doch die Sachen gegeben, erinnerst du dich nicht: die Eisschirme, die Steine, die Holzstücke?«, frage ich verzweifelt.

»Na klar. Anweisung von oben. Erst sollten die Eisschirme ja an den seltsamen Hector und an Ella gehen, aber Schwester Greta hat in letzter Minute die Anweisung geändert. Hatte sowieso keine Ahnung, was das Ganze sollte. Die Schirme waren ja noch ganz nett, aber die Steine und dann die Holzstücke?«

Die Spülmaschine rauscht neben uns, ein warmer, feuchter Dampf legt sich über mein Gesicht.

»Jedenfalls ist es jetzt vorbei. Die letzten Gegenstände gehen direkt an Schwester Greta persönlich, muss sie ihr nur noch vorbeibringen.«

»Claudio – bitte«, mein Herz pocht so stark, dass es gleich meine Rippen sprengt, »darf ich sehen, was du ihr geben willst?«

Claudio zuckt die Schultern und wischt sich seine Hände an

der Schürze ab. »Wenn man's genau betrachtet, hat sie darüber nichts gesagt. Na ja, ich sollte euch die Dinger nicht geben, von zeigen hat sie nichts erwähnt.«

Er öffnet einen weißen Hängeschrank, wühlt zwischen ein paar Wischtüchern und zieht etwas heraus. Dann drückt er mir eine kleine Schneekugel in die Hand. Ich erkenne sofort, was es ist – St. Paul's Cathedral. Auf dem Boden der Schneekugel sind eine Uhrzeit und ein Datum eingraviert. Es dauert ein paar Sekunden, dann habe ich begriffen. Das Finale findet bereits heute Nachmittag um drei Uhr statt.

Ohne mich weiter um Claudio zu kümmern, renne ich nach draußen in die Kantine. Ich spüre Schweißtropfen auf meiner Stirn, die aus dem Nichts aufgetaucht sein müssen. Obwohl ich nur ein paar Schritte gerannt bin, kommt es mir vor, als wäre ich drei Kilometer gesprintet. Mein Herz pulsiert in meinem Kopf, ich hechle und ringe nach Luft. Ella hat mich entdeckt und schubst ihre Freundin an. Die beiden stecken die Köpfe zusammen und kichern.

Und ausgerechnet jetzt, in diesem Augenblick, sehe ich Schwester Greta durch die Eingangstür kommen. Sie scannt mit ihrem Blick die ganze Kantine und ich bekomme das fürchterliche Gefühl, dass sie mich sucht. Blitzschnell ducke ich mich hinter die Stühle und sehe nur einen Ausweg: die Toiletten.

Die Waschräume von St. Claudia sind noch aus der Zeit, als das Gebäude ein Altersheim war. Grüne und braune Kacheln, gedämpftes Licht und in einigen der Toiletten Stangen, an denen man sich beim Aufstehen und Hinsetzen festhalten kann.

Ich gehe in die hinterste Toilette und sehe nach oben zum Fenster, das gekippt ist. Dann klettere ich auf die Festhalte-Stange, drücke das Fenster zu und drehe den Griff zur Seite. Es lässt sich öffnen.

Der Sprung auf die Straße ist leichter, als es von oben aussah. Meine Füße schlagen hart auf, aber ich falle nicht um. Was Lina jetzt wohl sagen würde. Eins steht fest, aus dem Fenster springen hat Tradition in *Londons Zirkel*.

Es ist erst 13.30 Uhr. Wenn ich die U-Bahn nehme, sollte ich es in zwanzig Minuten zum Mandarin schaffen. Keine Ahnung, wie ich Lina da rausholen kann, aber wie sagt sie doch so schön – eins nach dem anderen.

Currygeruch aus dem indischen Imbiss an der Straßenecke steigt mir in die Nase und ich muss niesen. Ich bin schon die ersten Stufen nach unten in die U-Bahn-Station gelaufen, da fällt mir ein, dass meine Karte noch zu Hause liegt. Es hilft nichts. Ich laufe nach oben und lege den schnellsten Spurt hin, den man sich vorstellen kann. Damit würde ich Ella beim Hockey nur so davonlaufen. Schade, dass sie mich nicht sehen kann.

Acht Minuten später stehe ich keuchend vor der Haustür und schließe sie auf. Ich renne zu meinem Zimmer, stolpere und lande mit dem Gesicht zuerst auf dem Flurteppich.

Über mir thront Gregg in seiner ganzen Breite und grinst mich an. Er dreht seinen Fuß, über den ich gestolpert bin, in kleinen Kreisen. »Na, wohin denn so eilig?«

Schwester Gretas Geheimnis

Es hat keinen Sinn, Gregg irgendetwas zu erklären. Also rappele ich mich auf und frage: »Solltest du nicht in der Schule sein?«

Gregg lacht nur. »Ich hab 'ne Freistunde. Und du?«

»Ich auch«, sage ich und versuche in mein Zimmer zu gehen. Im Spiegel sehe ich, dass mein Pferdeschwanz sich total aufgelöst hat und mein Gesicht vom Rennen knallrot ist.

Dann spüre ich Greggs Pranke an meinem Arm. »Immer langsam. Mit dir stimmt was nicht. Mama flippt aus, wenn du jetzt auch noch anfängst die Schule zu schwänzen.«

Ich versuche seine Umklammerung zu lösen, aber seine Hand sitzt an meinem Arm wie eine fest angezogene Schraube.

»Sie braucht ja nichts davon zu erfahren.« Ich wische mir den Schweiß von der Stirn. »Willst du vielleicht ein Snickers?«, frage ich.

Leider lässt er sich nicht ablenken.

»Ich will wissen, was los ist.« Dabei tritt er mit seinen lehmigen Fußballschuhen noch näher an mich heran.

»Das interessiert dich doch sonst auch nicht. Außerdem tust du mir weh.«

Gregg lässt mich los. »Dann hör einfach auf Mist zu bauen.

Seit du mit dieser Lina rumhängst, gibt es dauernd Ärger.« Er blinzelt, hört aber nicht auf mich anzustarren.

»Das geht dich gar nichts an«, fauche ich. »Der Ärger hat erst angefangen, als du dich eingemischt hast. Ohne dich wäre alles in bester Ordnung. Wegen dir darf ich Lina nicht mehr sehen.«

Ein komisches Geräusch kommt aus Greggs Mund. Es hört sich an wie Hundeknurren, aber mit einiger Vorstellungskraft könnte es auch ein *Sorry* gewesen sein.

»Mama hat zu viel Stress«, sagt er dann. »Sie heult abends wieder.« Er sieht wirklich so aus, als würde er sich Sorgen machen.

Ich weiß nicht, was ich sagen soll. Also gehe ich in mein Zimmer und hole die U-Bahn-Karte. Dann laufe ich an Gregg vorbei zur Wohnungstür. Er lässt die Schultern hängen.

Als ich die Tür aufmache, sagt er: »Bleib lieber hier. Wenn die von der Schule Mama anrufen und ihr erzählen, dass du verschwunden bist …«

»Ich kann nicht bleiben«, sage ich. »Aber ich verspreche, dass heute Abend alles gut wird. Heute ist nämlich das Finale.«

»Gibt es diesen komischen Wettbewerb wirklich?«, fragt Gregg.

»Ja, und Lina und ich sind im Finale.«

»Mir ist alles recht, solange du Mama nicht noch mehr Ärger machst«, Gregg streckt seine Hand aus und läuft auf mich zu. »Das musst du versprechen.«

Es fühlt sich total komisch an, aber ich nehme seine warme, verschwitzte Hand und dann fällt mir wieder ein, dass kaum noch Zeit ist.

»Bring Mama um drei zu St. Paul's Cathedral, wenn du

kannst.« Ich renne die Treppe nach unten und rufe »danke«, aber Gregg hat es nicht gehört, denn die Wohnungstür schlägt gleichzeitig ins Schloss.

Die ganze U-Bahn-Fahrt versuche ich mich verzweifelt an den Namen der Kellnerin zu erinnern, die ich nach Lina fragen soll. Er will mir einfach nicht einfallen.

Und deshalb ist es ein großes Glück, dass ich gar nicht ins Mandarin reingehen muss, denn Lina steht im Schaufenster.

Sie presst ihre Nase gegen die Scheibe und starrt nach draußen. Vermutlich geht es den Papageien im Londoner Zoo gerade genauso, jetzt wo Lina sie nicht mehr besucht.

Erst sieht sie mich gar nicht, also fange ich an auf und ab zu springen und wedele mit den Armen.

Und dann geht alles blitzschnell. Lina ist vom Fenster verschwunden und in dem Moment als ein Junge mit einem orangen Rucksack die Tür des Mandarin aufzieht, schießt sie hinaus auf mich zu. Sie hält mich an der Jacke fest und rennt weiter. Dabei ruft sie: »Wo müssen wir hin?«

»St. Paul's Cathedral.«

Lina rennt vor mir her, ich folge ihr. An der Kreuzung zur Charing Cross Road hält sie kurz an. »Das wird riesigen Ärger geben.« Dann strahlt sie. »Es ist heute – habe ich Recht?«

Ich nicke. »Woher wusstest du, dass ich komme?«

Lina macht ein ernstes Gesicht. »Ich sitze schon seit zwei Tagen im Fenster. Mir war klar, dass es irgendwann so weit sein würde.«

»Wir haben nur noch fünfundvierzig Minuten Zeit. Um drei müssen wir in St. Paul's sein.«

»Das schaffen wir, ich kenne den Weg«, sagt Lina und biegt nach links in eine kleine Straße ab.

»Schwester Greta sagt, du sollst ins Internat.«

Lina schnaubt kurz auf. »Was für ein Unsinn! Meine Eltern hätten Angst, dass ich da verhungere und die falschen Leute kennenlerne. Mit dir können sie gerade noch leben.« Dann lacht sie. »Im Ernst, meine Eltern würden es ohne mich gar nicht aushalten. Ich glaube, Schwester Greta geht ihnen auf die Nerven, aber sie trauen sich nicht etwas zu sagen. Meine Eltern haben großen Respekt vor Direktoren und solchen Leuten.«

»Und was ist mit dem Chinesisch-Unterricht, den du geschwänzt hast?«

»Ich habe ihnen erklärt, warum. Erst waren sie total sauer, vor allem, weil sie Angst haben, was ihre Freunde wohl jetzt sagen. Aber ich glaube, sie verstehen langsam, worum es mir geht.«

Wir laufen an der Rückseite eines Restaurants vorbei. Es riecht nach Essensresten und eine Frau kippt uns einen Eimer mit Waschwasser fast vor die Füße.

»Was ist mit dir?«, fragt Lina. »Hast du etwas von Mr Nia gehört?«

»Nein, aber bald kommt der Tag, an dem ich ihn bezahlen muss.«

Lina hakt sich bei mir unter. »Keine Sorge«, sie hüpft auf und ab. »Heute gewinnen wir und morgen hast du hoffentlich schon das Geld.«

»Wenn nicht«, sage ich, »dann muss ich was verkaufen.«

Mir kommt es vor, als könnte ich die blaue Seidentasche in meinen Händen fühlen.

»Was willst du denn verkaufen?«, fragt Lina.

Es ist das erste Mal, dass ich jemandem von dem Kompass erzähle.

»Papa liebte alte Dinge, vor allem, wenn sie mit London zu tun hatten. Sobald er freihatte, ging er in Antiquitätenläden. Manchmal nahm er mich mit. Ich fand das immer unglaublich spannend. Mama hat ständig gesagt, die ganzen alten Sachen treiben uns in den Ruin«, erkläre ich Lina. »Er hat ganz schön viel Geld dafür ausgegeben. Nachdem er gestorben war, hat sie das meiste davon verkauft.«

Jetzt sieht Lina mich doch kurz an.

»Nein«, sage ich. »Den Kompass hat sie nicht verkauft, weil sie nichts darüber wusste. Papa wollte ihr später davon erzählen, ich sollte ihn aufbewahren. Er hat gesagt, es soll eine Überraschung sein, aber ich glaube nicht, dass Mama sich gefreut hätte. Das war vor dem Unfall. Und danach hatte ich Angst, er würde sie traurig machen. Oder sie würde ihn verkaufen. Und irgendwann war es einfach zu spät, mit ihr darüber zu reden. Niemand weiß davon außer Jimmie und mir. Und jetzt auch noch du.«

»Das ist total verrückt, Tabby«, Lina hält an und löst ihre Hand von meinem Arm. »Wie konntest du das nur jahrelang für dich behalten? Glaubst du, das hätte deinem Vater gefallen?«

»Ich will einfach nicht, dass Mama wieder wütend wird auf Papa«, sage ich. »Oder traurig«, aber das ist nur die halbe Wahrheit. Immer sagt sie, ich bin die Vernünftige in dieser Familie. Sie wird schrecklich enttäuscht sein, wenn sie herausfindet, dass ich den Kompass jahrelang bei mir versteckt habe.

In einiger Entfernung taucht vor uns die Kuppel von St. Paul's Cathedral auf. »Lina«, rufe ich, »wir sind gleich da. Du bist unglaublich!«

»Was dachtest du denn?«, fragt sie und dreht sich einmal um die eigene Achse. »Mein Orientierungssinn ist ausgezeichnet. Es gibt Studien, die beweisen, dass man ihn beim Lernen von Schriftzeichen besonders entwickelt. Wusstest du das?«

»Hauptsache, du weißt auch alles über St. Paul's Cathedral«, sage ich.

»Oh«, sagt Lina und sieht mich mit großen Augen an. »Im Finale geht es um all die Themen aus der Vorrunde. St. Paul's ist nur der Austragungsort. Ich dachte, du wüsstest das?«

Wir sind an der Rückseite der Kirche angekommen. Ein breiter, frisch gepflasterter Weg führt an einem schwarzen Zaun vorbei. Auf der anderen Seite reiht sich ein modernes Café ans nächste. Die Gegend ist voll mit Geschäftsleuten in Anzügen und mit Touristen. Je näher wir dem Haupteingang kommen, desto mehr Menschen schwirren um uns herum.

Lina schnappt sich einen Prospekt, der auf dem Boden herumfliegt, und sucht nach einem weiteren. »Los, du auch.«

»Was soll das denn?«

Sie hält sich das Blatt wie einen Sonnenschutz über den Kopf. »Wir dürfen nicht zu früh erkannt werden. Immerhin sind wir beide abgehauen. Wer weiß, ob Schwester Greta oder meine Eltern die Polizei eingeschaltet haben. Und wenn deine Mutter uns jetzt entdeckt, kannst du das Finale abschreiben.«

Natürlich hat Lina Recht. Mama schäumt wahrscheinlich vor Wut. Schwester Greta hat sie bestimmt angerufen. Zögernd halte ich den Prospekt vor mein Gesicht.

Wir bahnen uns den Weg, vorbei an den Menschen, die auf den beigen Steinstufen vor der Kirche sitzen, und Kindern, die dort Fangen spielen.

Drinnen steht eine Schlange von Menschen und einem Plakat ist zu entnehmen, dass man Eintritt zahlen muss, um in die Kirche zu gelangen.

Ein Priester läuft an der Schlange entlang und sagt: »Will jemand zur Messe? Kein Eintritt für Besucher der heiligen Messe.«

Lina schubst mich an und wir folgen dem grauhaarigen Mann in den Innenraum der Kirche.

St. Paul's Cathedral ist riesig. Wenn man nach oben schaut, sieht man eine Galerie und Menschen, die wie Ameisen als winzige Punkte dort entlangkrabbeln.

Die Kuppel ist Hunderte Meter von uns entfernt. Zumindest sieht es so aus. Mir wird schwindlig und ich sehe lieber auf den schwarz-weiß gekachelten Boden.

»Oh nein«, Lina zupft an meinem Kleid. Ich folge ihrem Blick zurück zur Schlange am Eingang. Inmitten einer Schulklasse kann ich zuerst Gregg erkennen. Seine kurzen rotblonden Haare stechen als heller Punkt hervor und neben ihm steht Mama. Das ging viel schneller, als ich gedacht hatte. Gregg muss Mama sofort angerufen haben, nachdem ich aus der Wohnung gerannt war. Zu allem Übel befinden sich genau neben den beiden Linas Eltern.

Wir flüchten uns hinter eine der riesigen weißen Säulen.

»Sie sind nur als Zuschauer gekommen«, versuche ich Lina zu beruhigen.

»Du meinst, nachdem wir beide Hals über Kopf abgehauen

sind, werden sie uns seelenruhig zusehen, wie wir beim Finale mitmachen?« Lina schüttelt den Kopf. »Ich kenne meine Eltern. Die werden mich sofort in Handschellen abführen, sobald sie eine Gelegenheit bekommen. Und deine Mutter sieht auch nicht gerade entspannt aus.«

Mama macht selbst aus der Entfernung einen furchterregenden Eindruck. Ihre Haare sind zerzaust und ich kann die hektischen Flecken auf ihrem Gesicht sehen. Lina hat Recht. Mama ist nicht hier, um mir in aller Ruhe beim Finale zuzusehen.

»Wir können es schaffen, Tabby. Ich habe jeden Tag daran gedacht. Wir gewinnen heute und alles andere ist vergessen.« Linas Stimme beruhigt mich etwas, aber dann tippt mir jemand von hinten auf die Schulter. Ich fahre erschrocken herum.

»Der große Tag ist gekommen«, Jake streckt mir seine Hand entgegen und ich schüttele sie. Er trägt seine Schuluniform, aber die Krawatte sieht irgendwie anders aus heute. Breiter und kürzer und die Farben sind ausgeblichen.

»Das hier«, sagt Jake, als er meinen Blick bemerkt, »ist die Krawatte der ersten Gewinner von *Londons Zirkel*: Gregory McBanter und James Huntington. Ich finde es oberpeinlich, dass Archie und ich diese Dinger heute tragen müssen.«

Neben mir räuspert sich Lina und Jake dreht sich zu ihr. »Cool, dass du deine Strümpfe anbehalten durftest. Eure Direktorin scheint ziemlich locker zu sein. Ich habe sie eben gerade mit Mr Moore gesehen.«

»Schwester Greta ist hier?«, fragen Lina und ich wie aus einem Mund.

»Sie stehen dahinten«, sagt Jake und zeigt auf ein hohes

schwarzes Gitter. Er läuft darauf zu und ich versuche ihn zurückzuhalten.

»Nein, bitte, Jake«, sage ich. »Sie weiß nicht, dass wir hier sind. Lina und ich mussten beide abhauen. Wenn Schwester Greta uns sieht, war's das für uns mit dem Finale.«

Mir wird schlagartig klar, dass es ein Risiko ist, Jake einzuweihen. Für ihn wäre es perfekt, wenn Schwester Greta uns jetzt erwischt und wir sofort ausscheiden.

Wir stehen vor dem schwarzen Gitter, das in eine Seitenkapelle führt. Jake macht ein ernstes Gesicht, aber bevor er etwas sagen kann, hören wir Schwester Gretas Stimme.

»Es ist nicht meine Schuld«, sagt sie. »Eines der Mädchen stellt sich in der Schule stumm. Sie schreibt auch keine Tests. Ihre Eltern haben mich angefleht ihr eine Chance zu geben, aber spätestens nach diesem Schuljahr hätte ich sie rauswerfen müssen. Totale Leistungsverweigerung. Die andere hat eine Leseschwäche. Sie liest wie eine Sechsjährige. Ich habe große Zweifel, dass Tabatha die Schule jemals erfolgreich abschließen wird.«

Es hat ein paar Sekunden gedauert, aber ich merke, dass ich feuerrot werde. Mir ist egal, was Schwester Greta von mir denkt, aber muss das ausgerechnet auch Jake hören? Ich traue mich nicht ihn anzusehen. Am liebsten würde ich im Boden versinken.

Dann spüre ich Lina dicht hinter mir.

»Wie erklären Sie sich dann die Ergebnisse der letzten Runden? Wollen Sie mir etwa weismachen, dass auf einmal zwei lernschwache Mädchen im Finale von *Londons Zirkel* stehen? Sie hätten jeden anderen Schüler aus St. Claudia schicken können. Keiner von denen hätte es über die erste Runde hinausgeschafft. Aber nein, jetzt haben wir den Salat. Ihnen ist klar, dass unsere Absprachen null und nichtig sind, wenn Ihre Schülerinnen heute gewinnen. Oh mein Gott, ich will gar nicht daran denken. Die Presse, die Schulbehörden, die Eltern …«

Mr Moores sonst so ruhige Stimme klingt seltsam gepresst. Jetzt quietscht er sogar ein bisschen.

»Wäre das denn so furchtbar?«, fragt Schwester Greta.

Und da wird Mr Moore richtig laut. »Eltern warten monatelang auf einen Platz an den besten Schulen der Stadt. Sie geben ein Vermögen aus, ziehen in die richtigen Viertel, schicken ihre Kinder zum Nachhilfeunterricht. Und dann kommen Sie daher mit Ihrer Schule, in der es keine Aufnahmeprüfungen gibt, und gewinnen den wichtigsten akademischen Wettbewerb der Stadt.«

Ich höre ihn heftig atmen. Seine Stimme wird leiser. »Die neue Sportanlage war Ihnen doch so wichtig. Ich habe bereits mehrere Zusagen von Sponsoren. Halten Sie sich an Ihr Versprechen und ich kümmere mich darum, dass die Kinder in St. Claudia die beste Sporthalle Südlondons bekommen. Wir müssen jetzt einfach dafür sorgen, dass ein anderes Team gewinnt. Ich werde eine Extrafrage einbauen. Sehen Sie zu, dass Team Cobham House und Team St. Christopher die Antworten erfahren. Und wenn Sie eines der Mädchen vor drei Uhr erwischen, holen Sie die Eltern oder die Polizei. Mir egal. Am besten, die beiden tauchen hier erst gar nicht auf. Das hatten Sie mir doch auch versprochen.«

Und dann geht alles so schnell, dass mir keine Zeit zum Luftholen bleibt. Ich kann Lina nicht sehen. Jake schiebt mich ein Stück weiter um die Säule herum und zischt: »Rühr dich nicht.«

Dann höre ich ihn mit lauter Stimme sagen: »Guten Tag, Mr Moore. Ich habe gehört, wir treffen uns nachher in der St. Dunstan's-Kapelle.«

»Jake«, höre ich Mr Moores Stimme und sie klingt auf einmal wieder ganz ruhig und freundlich. »Wie schön, dass du schon hier bist. St. Dunstan's, ganz recht. Hast du schon die anderen Finalisten gesichtet?«

Der kalte Kirchengeruch strömt jetzt eisig durch meine Nasenlöcher. Ich lege meinen Kopf in den Nacken und sehe über mir das Gesicht eines steinernen Engels.

»Ja«, sagt Jake und dehnt das Wort etwas in die Länge. »Die Zwillinge sind oben auf der Galerie. Archie ist noch nicht hier, aber er macht es gerne spannend. Die zwei Mädchen habe ich noch nicht entdeckt, aber die kommen ja auch gerne auf den letzten Drücker.«

Ich kann die beiden nicht mehr hören, denn eine Gruppe schnatternder Besucher geht langsam an der Säule vorbei. Als sie weg sind, sehe ich vorsichtig aus meinem Versteck hervor. Mr Moore ist verschwunden. Dafür steht Lina neben Jake. Ihr Gesicht ist so bleich, dass sie als Gespenst durchgehen könnte.

»Ihr müsst von hier verschwinden«, zischt Jake und zeigt zum Aufgang zur Galerie.

Lina sieht mich zweifelnd an, aber ich ziehe sie am Arm mit und folge Jake.

Wir steigen hinter ihm die Treppen zur Galerie hinauf, wo er uns kurz alleine lässt. Er geht auf die Zwillinge zu und diskutiert mit ihnen. Schließlich kommen sie in unsere Richtung.

Wir folgen Jake gemeinsam nach unten, gehen durch eine Seitenkapelle und durch eine unverschlossene Holztür, die in ein Treppenhaus führt. Unsere Schritte auf dem Marmorboden hallen von den Wänden wider und keiner sagt ein Wort. Meine Wangen sind immer noch heiß und ich habe Schwester Gretas Stimme als Dauerschleife in meinem Ohr – Leistungsverweigerer, Leseschwäche.

Weiter geht es einen langen Gang entlang und dann stehen wir vor einer verschlossenen Holztür. Sie ist größer und prächtiger als die erste und mit Ornamenten verziert.

Jake wühlt in seiner Hosentasche. Der Schlüssel, den er hervorzieht, ist so groß wie ein Smartphone und sieht verrostet aus, aber er öffnet die Tür.

Schon als mir der erste Luftzug entgegenströmt, weiß ich, wo wir sind: in der Bibliothek von St. Paul's Cathedral.

Auf uralten Holzregalen stehen in Leder gebundene Bücher. Die Regale ziehen sich an den Wänden bis nach oben. Eine alte Holztreppe führt zu einer Empore, voll mit weiteren Regalen. Und oben steht Archie, die Haare diesmal brav nach unten gekämmt.

»Was soll das denn?«, ruft er, als er uns entdeckt. Die Krawatte sieht an ihm noch größer und breiter aus als an Jake.

»Komm runter. Ich muss dir was erklären.« Jake deutet auf einige alte Ledersessel, die um einen niedrigen Tisch platziert sind.

Eigentlich bin ich diejenige, die erklärt. Es fühlt sich seltsam an, denn erstens bin ich nicht gewohnt, dass andere mir zuhören. Zweitens wird mir erst während des Redens klar, was hier wirklich vor sich geht.

»Du meinst, eure Schulleiterin hat euch beide ausgesucht, damit ihr *nicht* gewinnt?«, fragt Harry, der Zwilling mit dem Muttermal auf der Stirn.

»Hast du nicht zugehört?«, fragt sein Bruder und boxt ihn auf den Arm. »Manchmal frage ich mich, ob sie dich auch ausgesucht haben, weil du so dämlich bist.«

Bevor Harry antworten oder zurückboxen kann, geht Jake dazwischen. »Es ist fast halb drei. Da draußen läuft Schwester Greta herum und versucht uns Informationen zu geben, damit ihre Schule nicht das Finale gewinnt. Was sollen wir tun?«

Mir wird flau im Magen.

»Keine Angst«, sagt Archie. »Es ist nicht das erste Mal, dass Teilnehmer von *Londons Zirkel* gegen Verschwörungen gekämpft haben. Im Jahr 1963 hatte ein Direktor eine große Summe Geld darauf gesetzt, dass seine Schule den Wettbewerb gewinnt. Er hat seinen eigenen Schüler Fragen verraten. Die haben dann aber im Finale absichtlich falsche Antworten gegeben, als sie herausgefunden hatten, was da vor sich ging.«

»Wir wollen einen fairen Wettkampf. Deshalb sollten wir uns das jetzt versprechen.« Jake greift nach meiner Hand und ich merke, dass ich zittere. Er legt sie auf den Tisch und bedeckt sie mit seiner Hand. Archie steht auf und legt seine Hand auf Jakes. Harry und Sam folgen und ganz am Schluss kommt Linas schmale Hand auf den Turm.

»Teilnehmer von *Londons Zirkel*«, sagt Jake und seine Stimme lässt es in meinem Bauch kribbeln. »Schwört ihr, im Finale keine unfairen Mittel anzuwenden? Bei eurer Ehre und der Ehre eurer Schule.« Jake sieht nur mich an.

»Wir schwören«, rufen Archie, die Zwillinge, Lina und ich.

Alle Hände fliegen nach oben.

»Tabby, Lina – ihr wartet noch hier«, sagt Jake. »Kommt um kurz vor drei in die St. Dunstan's-Kapelle. Wenn der Wettbewerb erst einmal angefangen hat, werden sie euch nicht mehr nach Hause schicken.«

Er will sich umdrehen und gehen, aber ich stelle mich vor ihn. »Danke, Jake.«

»Kein Problem.« Er lächelt.

Als die anderen gegangen sind, sinken Lina und ich in die weichen Sessel. Sie sieht aus wie ein Häuflein Elend.

»Du hattest von Anfang an Recht«, sagt sie schließlich. »Es war doch nur ein Versehen. Wir wurden aus Versehen ausgewählt.« Noch nie habe ich Lina so verzweifelt gesehen. Aus ihrem rechten Auge rollt eine Träne über ihre Wange.

»Nein, es war kein Versehen«, widerspreche ich. »Schwester Greta hat uns mit voller Absicht ausgesucht. Sie dachte, wir hätten keine Chance.« Ich stehe auf, setze mich zu ihr in den Sessel und lege den Arm um sie.

»Und jetzt«, sage ich, »wird es Zeit, ihr das Gegenteil zu beweisen.

Um fünf vor drei brechen wir auf. Jake hat die Tür nicht abgeschlossen. Wir laufen durch die Gänge, die Treppen hinauf und stehen ein paar Minuten später wieder in der Kirche.

Jake hat uns den Weg beschrieben und wir gehen in Richtung der großen Kuppel, dann nach links und stehen fast vor dem eisernen Tor, das in die Kapelle führt.

»Hab ich euch erwischt«, sagt eine wütende Stimme hinter mir. Es ist Schwester Greta. Sie greift nach meinem Arm und ich will mich losmachen, aber sie lässt nicht locker. Lina steht entsetzt daneben. Wir begreifen gleichzeitig. Es ist vorbei!

Ausgerechnet Gregg

»In all meinen Jahren in St. Claudia sind mir noch nie zwei so widerspenstige Schülerinnen untergekommen. Tabatha, hatte ich mich nicht klar und deutlich ausgedrückt? Der Wettbewerb ist für dich beendet. Und was dich angeht …« Es ist ein großer Fehler von Schwester Greta, dass sie sich jetzt zu Lina dreht. Sie übersieht nämlich etwas Entscheidendes.

Wie aus dem Nichts taucht ein Schatten hinter ihr auf. Erst als ich genau hinsehe, erkenne ich, dass es Gregg ist.

Sein Gesicht ist hochrot, er schnauft laut bei jedem Schritt und gerade hat er zwei Mädchen zur Seite gestoßen, die in einen Prospekt vertieft waren. Er marschiert schnurstracks auf Schwester Greta los, die meinen Arm immer noch fest im Griff hat.

»Lassen Sie sofort meine Schwester los!«, ruft Gregg und greift nach Schwester Gretas schwarzem Blazer.

In der nächsten Sekunde ist mein Arm frei. Allerdings hat Greggs Auftritt die ganze Kathedrale aufgeschreckt. Jede Menge Touristen drehen ihre Köpfe zu uns, sogar einige, die oben auf der Galerie entlanglaufen.

Schwester Greta ist zu verdutzt, um etwas zu sagen. Sie stottert nur vor sich hin: »Ich muss doch sehr bitten …«

Bevor sie einen richtigen Satz hervorbringt, sagt Gregg: »Lauf, Tabby. Bevor Mama dich sieht. Viel Glück.«

Es bleibt keine Zeit, sich bei Gregg zu bedanken.

Lina nickt mir zu und wir schlängeln uns durch die Kirchenbesucher, bis ich an der Seite den Eingang zu einer Kapelle sehe. Da steht schon Jake, der uns hektisch winkt.

Von irgendwo ertönen Glockenschläge und ich folge Lina und Jake nach vorne an Reihen von Plastikstühlen vorbei, auf denen Zuschauer sitzen. Weiter vorne warten drei Fotografen mit riesigen Kameras. Als wir ankommen, zeigt Jake auf die leeren Stühle mit den lila Polstern und den Zetteln, auf denen St. Claudia steht. Archie sitzt schon, ebenso die Zwillinge und der Platz neben mir gehört Jake.

Auf der Bühne vor uns steht eine leere Reihe mit Stühlen, daneben ein Pult und dahinter Mr Moore. Er hat uns entdeckt und kurz steht er mit offenem Mund da.

»Mit dem letzten Glockenschlag dürfen wir auch das dritte Finalistenpaar begrüßen«, sagt er heiser. Mr Moore lächelt, aber in seinen Augen steht nur Entsetzen.

Ich lasse Linas Hand los, als sie sich auf den Stuhl fallen lässt. Und dann setze ich mich auf den letzten freien Platz zwischen Lina und Jake.

»Liebe Teilnehmer, liebe Gäste. Ich freue mich, Sie alle an diesem besonderen Nachmittag in St. Paul's Cathedral begrüßen zu dürfen. Es liegen aufregende Wochen hinter uns. In all den Jahren, in denen ich den Wettbewerb bisher leiten durfte, ging es noch nie so turbulent zu.«

Er sieht zu mir und ich versuche nicht zu blinzeln.

»Ich bin stolz und beeindruckt, dass die Teilnehmer in

diesem Jahr außerordentliches Wissen und Lernbereitschaft an den Tag gelegt haben. Heute entscheidet sich, wer in den Kreis von *Londons Zirkel* eingehen und welche Schule die Trophäe in diesem Jahr mitnehmen wird.«

Mr Moore zeigt auf eine silberne Statue vorne auf dem Altar. Sie hat die Form von Big Ben und steht auf einem breiten runden Sockel. »Damit erkläre ich das Finale von *Londons Zirkel* für eröffnet.«

Mrs Dorsett steht auf. Sie saß die ganze Zeit hinter mir, ohne dass ich es bemerkt habe. Es ist mucksmäuschenstill, als sie langsam nach vorne schreitet. Nur das Rascheln ihres Rockes und die festen Schritte auf dem Marmorboden sind zu hören. Mr Moore huscht zur Seite und tritt nach hinten in den Schatten.

»Das Finale«, erklärt Mrs Dorsett, »besteht aus zwei Teilen. Zunächst erhalten die Teilnehmer Fragen, die sie als Teams schriftlich beantworten müssen. Im zweiten Teil erfolgt die öffentliche Beurteilung der Teilnehmer durch die Jury.«

Jake und Archie fangen an zu flüstern, auch die Zwillinge haben ihre Köpfe zusammengesteckt.

Mrs Dorsett klopft mit einem Stift auf ihr Pult.

»Ich möchte um Ruhe bitten. Die Jurybeurteilung findet öffentlich statt, nachdem die Tests ausgewertet wurden. Die Jury kann Einspruch erheben, wenn sie denkt, dass unlautere Methoden im Spiel waren.« Mrs Dorsett senkt den Kopf. »Das ist allerdings noch nie vorgekommen.« Sie räuspert sich und zupft ihren grauen Blazer zurecht. »Außerdem entscheidet die Jury über den Gewinner, sollten zwei oder drei Teams die gleiche Punktzahl erzielen. Die Teilnehmer begeben sich bitte an ihre Tische.«

Auf die Bühne werden jetzt Tische getragen. Sie stehen weit auseinander. Lina und ich sitzen in der rechten Ecke. Die Stühle sind so dahinter platziert, dass wir in den Zuschauerraum blicken können. Ein gläserner Aufsteller mit den Worten *Londons Zirkel Finale* und *St. Claudia*, zwei Bögen mit Papier und zwei Stifte, mehr befindet sich nicht auf dem Tisch.

Als ich mich setze, sehe ich ins Publikum und ganz hinten steht Gregg, der mir beide Hände mit ausgestreckten Daumen entgegenhält. Neben ihm sind Mama und Jimmie im Halbdunkel. Ich kann Mamas Gesichtsausdruck nicht erkennen.

»Tabby«, Lina schubst mich an und zeigt auf die Zettel.

Am anderen Tisch beugt sich Jake in meine Richtung. Er sieht zu mir und sagt so leise, dass ich es gerade verstehen kann: *Viel Glück*.

Und dann geht es los.

Es sind zwanzig Fragen. Lina liest sie mir leise vor. Es geht um Jahreszahlen, Maler, historische Gebäude, Schriftsteller. Ich kenne erstaunlich viele von den Namen, so als hätten die letzten Wochen ihre Spuren in meinem Gehirn hinterlassen. Aber meistens ist es Lina, die sofort nickt und die Antwort aufs Papier schreibt.

»Warum trugen die Schüler der Blaumantel-Schule gelbe Strümpfe?«, lautet die fünfte Frage. Wir müssen beide lachen und sie schreibt die Antwort auf, während ich noch flüstere: »Gelb vertreibt die Ratten.«

Auch die Zwillinge kichern aufgeregt. Ob sie wohl gerade die gleiche Frage beantwortet haben?

»Welcher Wissenschaftler behauptete, der Londoner Stein

verleiht magische Kräfte?«, liest Lina vor. Sie runzelt die Stirn und kaut auf dem Bleistift.

Es dauert einen Augenblick, dann fällt es mir ein. »John Dee«, sage ich. Lina sieht mich verständnislos an. »Weißt du nicht mehr?«, flüstere ich. »Darren, der Junge aus dem Zeitungsladen. Das hat er zu uns gesagt, bevor wir uns verabschiedet haben. John Dee war ein Astrologe.«

Lina reißt die Augen weit auf. »Ja, klar«, sagt sie etwas zu laut. Dann schreibt sie die Antwort auf.

Es stehen nur noch wenige Fragen auf dem Papier. In meinem Bauch kribbelt es vor Aufregung. Hoffentlich können wir alles beantworten.

»An welchem Gebäude arbeitete Thomas Hardy in seinen Lehrjahren als Architekt?« Mit einem Lächeln legt Lina das Blatt auf den Tisch. »Davon hat uns doch Dexters Mutter auf dem Friedhof erzählt.« Ich kann mich nicht erinnern, aber Lina kritzelt glücklich die Antwort aufs Papier.

Dann stockt sie, während sie die letzte Frage vorliest.

»*Wir nehmen Abschied, nur um uns wiederzusehen. Mein treuer Kompass* … Welcher Dichter schrieb diese berühmten Zeilen?« Lina beugt sich ganz dicht zu mir. »Das ist also die Zusatzfrage«, flüstert sie. »Wie soll das denn jemand beantworten? Da kann man höchstens raten.«

Ich kann ihre Stimme kaum noch hören. Mein Herz rast und ich muss mich konzentrieren, um langsamer zu atmen. Ausgerechnet dieses Gedicht – wie oft habe ich die Anfangszeile in den letzten Jahren gelesen. Ich beuge mich zu Lina und flüstere ihr ins Ohr.

Lina zittert, als sie unseren Zettel abgibt. Sie versucht zu lächeln, aber ich sehe, dass sie verunsichert ist.

Mr Moore, Mrs Dorsett und ein Mann im schwarzen Anzug sitzen an einem runden Tisch auf der anderen Seite der Bühne. Mrs Dorsett steht kurz auf und richtet sich an die Zuschauer, die geduldig auf ihren Stühlen warten. »Es wird ungefähr zehn Minuten dauern, bis wir mit der Auswertung fertig sind. Solange bitten wir noch um Ihre Geduld.«

Jake, Archie und die Zwillinge kommen an unseren Tisch.

Harry, der nervös mit den Fingern schnipst, redet zuerst: »Es sieht nicht gut aus bei uns. Es gab zwei Antworten, die wir nicht wussten. Und die letzte Frage nach dem komischen Kompass-Gedicht hätte ich nie beantworten können. Auf meinem Stuhl lag tatsächlich ein Zettel mit der Lösung. Aber Ehrensache, wir haben die Frage ausgelassen.«

Ich will etwas sagen, aber Jake kommt mir zuvor. »Ja, wie bei uns. Den Zettel habe ich für alle Fälle aufbewahrt. Wir haben die Antwort natürlich auch ausgelassen. Ein fairer Wettkampf.«

»Aber ich kannte die Antwort«, sage ich und merke, wie alle nach Luft schnappen. »John Gay hat das Gedicht geschrieben. Mein Vater hat es sehr gemocht. Und er hat einen Kompass gekauft, auf dem das Zitat eingraviert war.«

Alle starren mich mit weit aufgerissenen Augen an. Auch Lina.

Jake schüttelt langsam den Kopf. »Das ist wirklich ganz unglaublich.«

Hinter uns steht auf einmal Mrs Dorsett. »Wir haben die Testbögen ausgewertet«, sagt sie.

Und dann stellen wir uns alle in einer Reihe auf, neben Mrs Dorsett, die einen kleinen Zettel in der Hand hält.

»Wir haben das Team mit den meisten Punkten ermittelt«, beginnt sie, »aber die Jury muss das Gewinnerpaar bestätigen.«

Sie dreht sich zu uns und zum ersten Mal sehe ich sie lächeln. Mit den kleinen Falten neben ihren Augen sieht sie auf einmal richtig freundlich aus. »Es war ein außergewöhnlicher Wettbewerb in diesem Jahr. Wir hatten es mit einer hervorragenden Gruppe junger Menschen zu tun. Alle haben ihr Bestes getan, ihre Schulen würdevoll zu vertreten. Heute sollte es keine Verlierer geben, denn die Leistung sämtlicher Teams war außergewöhnlich. Auch Mr Moore, der für die Auswahl der Testfragen zuständig war, wird mir sicher zustimmen.« Ihre Augen gleiten prüfend durch den Raum, aber Mr Moore ist nirgends zu entdecken.

»Ich beginne beim dritten Platz. Er geht an Sam und Harry vom Team St. Christopher, eine hervorragende Leistung. Ihr habt sechzehn von einundzwanzig Fragen korrekt beantwortet. Gratulation.« Sam und Harry verbeugen sich leicht. Im Publikum wird geklatscht und ich kann in der zweiten Reihe einen Mann sehen, der dieselben Augen und Haare hat wie die Zwillinge. Er ist aufgestanden und applaudiert heftig. Dabei strahlt er, als hätten die beiden gerade gewonnen.

»Ein außergewöhnlicher Wettbewerb endet in einem außergewöhnlichen Finale«, sagt Mrs Dorsett, während der Applaus abebbt.

»Team St. Claudia – ihr habt euch leider bei einer Jahreszahl vertan. Die Plakette auf dem Londoner Stein ist aus dem Jahr

1962, nicht 192. Team Cobham House konnte die letzte Frage nach dem Gedicht von John Gay nicht beantworten. Das war zugegebenermaßen eine der schwersten Aufgaben, die hier je gestellt wurden.

Damit haben Team Cobham House und Team St. Claudia beide die gleiche Punktzahl erreicht. Nämlich zwanzig von einundzwanzig möglichen Punkten.«

Ich höre ein paar Jubelschreie und Applaus aus dem Publikum, aber Mrs Dorsett hält die Hand hoch. »Es kann leider nur ein Team gewinnen, deswegen wird der Jury, die ich jetzt hereinbitte, eine schwere Aufgabe zuteil.«

Sie tritt ein paar Schritte zurück.

Ich sehe zu Lina, die sich auf die Unterlippe beißt, und zu Jake, der ebenfalls besorgt aussieht.

Dann sehe ich die Jury. Sie wird ausgerechnet von Mr Moore angeführt. Für einen Augenblick scheint mein Herz stillzustehen. Die drei Personen, die sich jetzt vor Mrs Dorsett stellen, habe ich schon einmal gesehen.

Jede Menge Wünsche

»Es ist mir eine Ehre, die Jury vorzustellen«, erklärt Mrs Dorsett und lächelt. Sie zeigt auf den Koreaner, der heute die Uniform gegen ein weißes Hemd und schwarze Jeans getauscht hat. Er trägt eine dunkle Sonnenbrille im Haar und eine Goldkette um den Hals.

»Mr Kim ist Kulturbeauftragter der Republik Südkorea in England. Seit Jahren ist er ein Fan unseres Wettbewerbs und hat einen ähnlichen in Korea angeregt. Den Teilnehmern wird er vielleicht als Pförtner der südkoreanischen Botschaft gegenüber der Blaumantel-Schule begegnet sein. Ich darf hinzufügen, dass er sich diese Tarnung selber ausgedacht hat.«

Aus dem Publikum ertönen ein paar Lacher. Mr Kim verbeugt sich und winkt uns zu. Ich könnte schwören, er zwinkert dabei mit einem Auge in meine Richtung.

»Hättest du gedacht, dass wir den Pförtner noch mal wiedersehen?«, flüstere ich Lina zu.

»Eine der vielen Überraschungen, von denen ich dir erzählt habe.« Lina versucht cool zu klingen. Sie sieht starr geradeaus. Aber ich weiß, dass sie genauso erstaunt ist wie ich.

Während Mr Kim noch seinen Stuhl zurechtrückt, steht

Darren auf. Er sieht viel älter aus in dem dunklen Anzug und seine halblangen Haare sind aus dem Gesicht gekämmt.

»David William Albrecht hat vor fünf Jahren *Londons Zirkel* gewonnen«, sagt Mrs Dorsett. »Er und sein Teamgefährte waren die ersten Gewinner, die während des gesamten Wettbewerbs keine einzige Frage falsch beantwortet haben. David hat inzwischen in Oxford seinen Master in Biologie gemacht. Wir danken ihm sehr, dass er in diesem Jahr mitgespielt und allen Teilnehmern den Londoner Stein etwas nähergebracht hat.«

Ausgerechnet als Darren, oder besser gesagt David, in meine Richtung lächelt, merke ich, dass mein Mund die ganze Zeit offen gestanden haben muss. Ich presse meine Lippen aufeinander und fange an zu husten.

»Und schließlich Mrs Claire Honeycomb. Sie hat mit ihrem Sohn auf einer Bank auf dem Friedhof von St. Pancras gewartet und unsere Teilnehmer beobachtet. Mrs Honeycomb ist eine der berühmtesten Restauratorinnen Englands. Es gibt kaum ein historisches Bauwerk in London, an dessen Erhaltung sie noch nicht gearbeitet hat. Wenn jemand alles über Londons Geschichte weiß, dann sie.«

Mrs Dorsett lässt die Arme nach unten sinken und streckt ihr Kinn nach oben. Sie sieht ein Jurymitglied nach dem anderen an.

»Mr Kim, David, Mrs Honeycomb, Sie müssen die schwere Entscheidung treffen und eines der Teams auswählen. St. Claudia oder Cobham House. Wer ist das Gewinnerpaar?«

Mr Kim steht auf. Er hat es nicht eilig. Er faltet die Hände vor seinem Bauch und neigt den Kopf zur Seite. Dabei sieht er genauso aus wie damals, als er uns von den Yut-Stäben erzählt hat.

»Meine verehrten Jury-Kollegen und ich haben es uns nicht leicht gemacht. Wir haben unsere Erfahrungen und Bewertungen über die Teilnehmer ausgetauscht und sind zu sehr ähnlichen Ergebnissen gekommen. Zuerst möchte ich mich an das Team von Cobham House wenden.«

Durch den Raum geht ein Flüstern und Rascheln, denn alle versuchen Archie und Jake zu sehen.

»Ihr beide habt einen fantastischen Wettbewerb abgeliefert. Schlau, schnell, schlagfertig und mit einer herausragenden Allgemeinbildung ausgestattet. Uns hat auch eure Höflichkeit und der Respekt vor anderen sehr beeindruckt«, sagt Mr Kim. »Team St. Claudia.«

Ich zucke zusammen und meine Wangen fangen an zu brennen. Lina rückt ein Stückchen näher an mich heran.

»Was für eine ungewöhnliche Kombination«, sagt Mr Kim, aber ich traue mich nicht aufzuschauen. Stattdessen blicke ich auf den Marmorboden und versuche so ruhig wie möglich zu stehen.

»Die eine still und zurückhaltend, die andere trägt ihr Herz auf der Zunge. Euch entgeht nichts. Eure Hilfsbereitschaft und Spontaneität haben uns sehr gefallen. Genauso wie eure Schlagfertigkeit und schnelle Auffassungsgabe.« Mr Kim sieht nach rechts, dann nach links, zu David und Mrs Honeycomb.

»Wir hatten nicht erwartet, dass es zu einem Gleichstand kommt. Aber wir sind uns einig. Wir haben von den Teilnehmern gelernt, dass es in einem Wettbewerb um viel mehr geht, als es die Regeln vorsehen. Und deshalb ändern wir die Regeln. In diesem Jahr wird es zum ersten Mal in der Geschichte von *Londons Zirkel* zwei Gewinner-Teams geben. Es sind die Teams von Cobham House und St. Claudia.«

Und dann ist es so, als wäre beim Fußball auf einmal in der letzten Sekunde das entscheidende Tor gefallen. Ein Aufschrei geht durch die Kapelle. Alle jubeln. Lina fällt mir um den Hals. Ich sehe Jake und Archie eng umschlungen neben uns, dann streckt Jake seine Hand über Archies Schulter aus. Ich lege meine hinein und er drückt sie ganz fest.

Vielleicht sind zehn Minuten vergangen, vielleicht auch dreißig. Wir sind alle durch einen Nebenausgang nach draußen geströmt, wo die Sonne so in meinen Augen brannte, dass ich Mama kaum erkennen konnte.

Sie hat mich einfach in den Arm genommen und so was wie »gut gemacht« gesagt. Lina, Jake und die anderen waren nicht mehr in Sichtweite.

Wir gehen in ein Restaurant. Lange Tische sind in Form eines Hufeisens aufgestellt. Ich sehe, wie an die kurze Seite eilig noch ein Tisch geschoben wird. Es hatte wohl keiner damit gerechnet, dass hier heute vier Sieger und nicht nur zwei sitzen würden.

Linas Eltern sind hier. Sie sehen etwas erschöpft aus. Die Haare von Linas Mutter stehen nach hinten ab, das Hemd von Linas Vater hängt halb über seiner Hose, aber sie strahlen beide von einem Ohr bis zum anderen.

Sie steuern auf mich zu und Linas Mutter streckt ihre Hand aus, aber Mama kommt mir zuvor und fällt ihr um den Hals.

»Wer hätte das gedacht?«, fragt sie. »All diese Dummheiten nur, weil die beiden einen Wettbewerb gewinnen wollten.«

Mama sagt noch mehr und Linas Mutter nickt, obwohl sie wahrscheinlich nichts davon versteht, aber ich höre nicht mehr zu.

Ich sehe Lina, Jake und Archie, der sich mit einer Hand an der Wand abstützt, und sie machen ernste Gesichter. Archie schüttelt den Kopf und Jake presst seine Hände aneinander.

»Was gibt's?«, frage ich, als ich bei ihnen angekommen bin.

»Es ist wegen Mr Moore und Schwester Greta«, sagt Lina ernst.

»Sie können doch nicht einfach so davonkommen!« Archie ist sauer.

»Sind sie doch nicht. Wir haben gewonnen«, protestiere ich. Dann drehe ich mich zu Jake, aber er presst nur die Lippen zusammen. »Und ihr auch«, sage ich.

Jake schüttelt den Kopf. »Sie haben die ganze Zeit gegen euch gearbeitet. Ihr seid die Einzigen, die verdient haben zu gewinnen. Archie und ich, wir wollen zurücktreten.«

Ich sehe Jake entsetzt an. »Das geht nicht! Ohne die Frage nach dem Kompass heute hättet ihr zwei gewonnen. Wenn jemand zurücktreten sollte, dann unser Team.«

Vielleicht habe ich zu laut geredet. Die anderen sehen mich an, aber dann merke ich, dass jemand hinter mir steht. Es ist Mrs Dorsett. Wäre ich nicht so aufgeregt, hätte ich ihren Duft nach Rosen-Seife früher bemerkt.

»Was höre ich da?«, fragt sie und zieht die Stirn in Falten. »Wieso redet ihr bitte über Rücktritt?«

Und sie sieht so erstaunt und ernsthaft besorgt aus, dass ich sofort weiß, dass sie nichts mit Mr Moores und Schwester Gretas Verschwörung zu tun haben kann.

Und so kommt es, dass wir Mrs Dorsett alles erzählen, was heute passiert ist.

Sie hört ganz ruhig zu, und als wir fertig sind, reibt sie sich nachdenklich die Schläfen.

»Danke, dass ihr mich ins Vertrauen gezogen habt. Und jetzt muss ich euch bitten, euch auf mich zu verlassen. Keiner tritt zurück. Nach allem, was ich weiß, finde ich, beide Teams haben den Sieg verdient. Das sieht die Jury genauso. Und um die unschönen Absprachen, von denen ihr mir erzählt habt, werde ich mich kümmern. Versprochen.«

Sie seufzt leise, streicht mir über die Haare und zieht ihre Hand schnell wieder zurück. »Los, nach vorne mit euch. Jetzt ist es Zeit zu feiern.«

Jimmie zieht mich zur Seite. »Glückwunsch, Schwesterchen«, flüstert er in mein Ohr. »Ich wusste schon immer, dass du die Schlauste in der Familie bist. Aber du bist mir trotzdem eine Erklärung schuldig.«

Ich halte Jimmies rechte Hand fest, die sich warm und rau anfühlt. Er kramt mit der anderen Hand in seiner Tasche und zieht die blaue Seidenhülle mit dem Kompass hervor. Mir wird schwindlig, dann spüre ich, wie Jimmie meine Hand drückt. Er sagt: »Das hier habe ich unter deinem Bett gefunden. Ich dachte, Gregg hätte meine Zigaretten da versteckt. Wenn du den nicht verkauft hast, wie hast du dann Mr Nia bezahlt?«

Ich atme tief aus und schaue Jimmie in die Augen. »Mr Nia bekommt das Preisgeld. Das war mein Plan. Leider konnte ich dir nicht früher von dem Wettbewerb erzählen, das wäre gegen die Regeln gewesen.«

Jimmie streicht mir eine Haarsträhne aus dem Gesicht. »So so, seit wann hältst du dich denn an Regeln?«

Ohne zu antworten, nehme ich ihm den Kompass ab. »Kommst du mit? Es wird Zeit, dass ich mit Mama rede.«

Sie steht schon neben uns. Zuckerwatte und Meeresluft und dann ihre Stimme dicht an meinem Ohr: »Oh, Tabby.«

Ich drehe mich um und werfe mich in ihre Arme. Dabei halte ich den Kompass ganz fest in meiner Hand. Es dauert lange, bis Mama mich loslässt, und dann nimmt sie ihn mir ab, vorsichtig, als wäre der Kompass ein kleines Tier, das man verletzen könnte.

»Dein Vater hat mir oft davon erzählt. Davon, dass er ihn kaufen wollte. Ich hatte ja keine Ahnung.«

Ich sehe in Mamas Gesicht. Ihre Augen glänzen und die Wangen sind ganz rot.

»Es tut mir leid, Mama. Ich wollte dir davon erzählen, aber ich dachte, du würdest wütend werden. Oder traurig.«

Hinter Mama ist jetzt auch Gregg aufgetaucht. Er nimmt den Kompass in die Hand und für einen Moment habe ich Angst, er macht ihn mit seinen Riesenpranken kaputt. Aber dann bleibe ich einfach stehen und sehe auf den kleinen Kompass in Greggs Händen.

»Du hast Recht, Tabby«, sagt Mama und drückt mich wieder. »Ich wäre wütend geworden und traurig. Und deshalb gibt es keinen besseren Tag als heute, um mir den Kompass zu zeigen. Dein Vater wäre so stolz auf dich.« Sie lässt mich los und zieht Jimmie und Gregg näher heran. »Auf euch alle. Immerhin haben deine Brüder mich dazu überredet, nicht die Polizei zu rufen, als du einfach abgehauen bist.«

Und Gregg hat mir Schwester Greta vom Hals gehalten, denke ich. Jetzt starrt er auf seine Schuhe und Jimmie gibt mir einen Knuff.

»Dann bist du nicht mehr sauer?«, frage ich Mama.

»Stinksauer«, sagt Mama. »Linas Eltern übrigens auch. Wir werden uns noch eine angemessene Strafe für euch zwei ausdenken. Aber nicht heute. Heute ist euer Ehrentag.«

Aus dem Augenwinkel sehe ich Lina auf uns zuhopsen. Sie strahlt bis über beide Ohren. Dann flüstert sie mir etwas ins Ohr.

»Wir müssen jetzt zum Interview«, sage ich zu Mama. »Sind gleich wieder da.«

Kichernd rennen wir zu den Toiletten und halten kurz davor an. Außer Atem lehnen wir uns gegen die Wand.

»Im Ernst?«, frage ich. »Sie haben dir wirklich deine eigene Papageienzucht versprochen?«

»Sie sind so glücklich, dass sie mir sogar einen Zoo kaufen würden. Meine Mutter platzt fast vor Stolz. Sie hat sofort ihre Schwester angerufen, die drei Töchter auf der Uni hat, und ihr erklärt, was passiert ist. Und dass sie es schon immer gewusst hat. Dass ich riesig schlau bin und mich einfach nur verstelle.«

»Jetzt muss ich nur noch Mr Nia bezahlen«, sage ich. »Das Preisgeld reicht jetzt zwar nicht ganz …«

»Du kannst meins haben«, sagt Lina. »Meine Eltern geben mir das Geld für die Papageien. Und sie freuen sich sicher, wenn der Preis an dich geht. Sie sind etwas besorgt, weil bei euch der Kühlschrank immer so leer ist.«

Wir müssen lachen. Dann rollt sich Lina die Ringelstrümpfe nach unten. »Die brauche ich jetzt nicht mehr«, sagt sie. »Wir sollten zurückgehen. Das Interview fängt gleich an.«

Dann stehen wir mit Archie und Jake vor einer Kamera. Ein greller Scheinwerfer blendet mich. Ich höre Archie zu, wie er über die Software redet, die er sich anschaffen will, um eigene Apps zu programmieren.

Danach ist Lina an der Reihe und die Reporterin ruft *fantastisch, entzückend,* als Lina über die Graupapageien referiert. Ihren Eltern steht der Mund offen vor Stolz, gleichzeitig strahlen sie übers ganze Gesicht.

Auf einmal habe ich das Mikrofon vor der Nase. »Tabatha«, sagt die Reporterin und ich kann den süßen Geruch ihres Make-ups riechen. »Hast du auch so exotische Pläne?«

»Nicht wirklich«, stammle ich. Dann sehe ich Mama, Jimmie und Gregg hinter der Kamera. Sie winken mir zu, Jimmie schneidet eine Grimasse und ich muss lachen. »Also erstens«, sage ich, »will ich meinen Bruder Jimmie unterstützen. Er ist ein toller DJ und legt in coolen Clubs auf. Und dann möchte ich gerne mit meiner ganzen Familie in Urlaub fahren. Das haben wir nämlich schon lange nicht mehr gemacht.«

Alle lachen und klatschen und ich kann kaum verstehen, was die Reporterin zu Jake sagt. Aber seine Antwort höre ich genau. »Ich würde gerne für eine Nacht das London Eye mieten. Wenn meine Kabine ganz oben ist, halten wir an und …«, jetzt sieht Jake zu mir, »und um mich herum wäre es so still, dass ich Big Ben schlagen hören könnte. Das stelle ich mir toll vor.«

Buch zu Ende? Hier ist das nächste!

Leseprobe

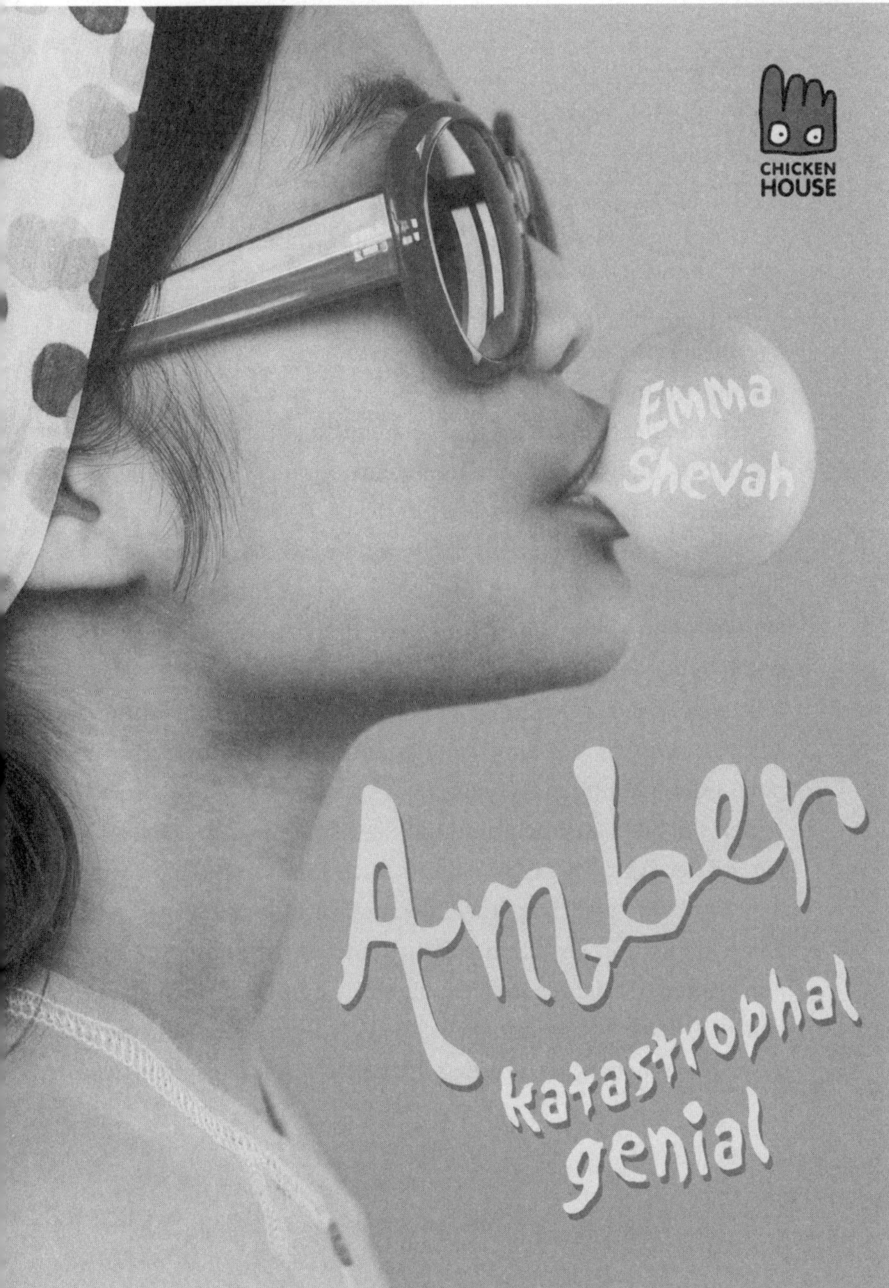
CHICKEN
HOUSE
Emma
Shevah
Amber
katastrophal
genial

Fünf - Cinque - GO

Ich schloss meine Zimmertür und machte das Licht aus. Dann knipste ich die Taschenlampe an und fühlte mich gleich viel geheimnistuerischer. Und irgendwie auch ganz konzentriert, zielstrebig: Ich hatte eine Mission.

Ich zog die Schuhe aus und setzte mich auf mein Bett, in der Hand ein Blatt Papier mit irgendeiner uralten Skizze auf der Rückseite. Ich wollte den Brief erst mal vorschreiben und anschließend auf ein sauberes Blatt übertragen, denn ich würde ihn bestimmt nicht gleich im ersten Anlauf hinkriegen. Nach Schmierpapier musste man bei mir nicht lange suchen. Habe ich schon erwähnt, dass mein ganzes Zimmer vollgestopft ist mit Kritzeleien und Zeichnungen? Ich zeige sie niemandem, aber natürlich kriegt Mum die eine oder andere zu Gesicht, wenn sie putzt oder Klamotten wegräumt.

Ich zeichne eigentlich rund um die Uhr. Ich mache nichts lieber auf der Welt, aber es ist eine ziemlich persönliche Angelegenheit. Deshalb mag ich meine Bilder auch nicht herumzeigen. Das käme mir so vor, als würde ich die anderen damit um ihre Meinung bitten. Und dann brechen die sich womöglich einen ab und heucheln, wie gut sie ihnen gefallen und dass sie wahnsinnig gerne noch mehr sehen würden. Dabei ist es mir eigentlich ziemlich egal, was irgendwelche Leute darüber denken. Oder vielleicht ist es mir doch nicht egal – und ich mache deshalb so ein Geheimnis draus. Aber wie auch immer, was ich eigentlich sagen will: An Schmierpapier mangelt es in meinem Zimmer nicht.

Ich versuchte mich in die richtige Stimmung für den Brief zu bringen, indem ich meine Gedanken zu Dad schweifen ließ. Wie sonst sollte ich herausfinden, was ich schreiben sollte? Doch mein Kopf war völlig leer. Also holte ich das Foto aus dem Versteck unter der Schublade hervor. Vielleicht würde das meinem Gedächtnis auf die Sprünge helfen. Tat es aber nicht. Sosehr ich mich auch anstrengte, mir fiel einfach nichts zu ihm ein.

Zwar erinnerte ich mich vage daran, wie es war, ihn damals um uns zu haben, aber Details kamen mir nicht in den Sinn. Weder sein Gesicht noch der Klang seiner Stimme.

Ich erinnerte mich weder daran, wie er mit mir gespielt hatte oder zu irgendwelcher Musik durchs Haus getanzt war, noch an die Form seiner Hände. Oder daran, wie es sich angefühlt hatte, auf seinem Schoß zu sitzen.

Meine Erinnerung war nicht viel mehr als ein schemenhafter Umriss von ihm. Aber merkwürdigerweise fühlte sich das irgendwie gut an, fast wie eine kleine Rache: Alles, was mich an ihn erinnerte, war ein schnödes Foto. Und falls er nicht doch eines Tages zurückkam, würde es dabei bleiben.

Das war ja wohl wirklich nichts, worauf man als Vater stolz sein konnte.

Gewissermaßen hatte ich bei dem Brief also freie Hand und konnte Dad in den Mund legen, was ich wollte.

Ich warf mich auf mein Bett. Wenn ich dort lag und an die Zimmerdecke starrte, kamen mir immer die besten Einfälle. So wie die Idee zu leuchtenden Bleistiftminen für Leute, die spätnachts noch zeichnen wollen. Oder die zu einem blinkenden Schild für die Stirn, das je nach Stimmungslage die Farbe wechselt und deshalb nervige Nachfragen von Mitmenschen überflüssig macht. Auch meinen ganz persönlichen Zeichenstil habe ich auf dem Bett entwickelt. Er ist inzwischen eine Art Markenzeichen von mir geworden: Skizzen und Cartoons in einem bunten Neben- und Ineinander und oben drüber eine zarte Schicht Airbrush. Eine ganz neue Kunstform, die mich irgendwann weltberühmt machen wird, hundertpro. Künstler auf allen fünf Kontinenten werden mich lieben, weil meine brillanten Ideen ihnen das Leben erleichtern. Ich werde Millionen verdienen und mir als Erstes eine gläserne Zimmerdecke kaufen, damit ich von meinem Bett aus direkt in den Sternenhimmel schauen kann. Was mir natürlich noch mehr geniale Ideen bescheren wird.

Aber das nur nebenbei.

Nach ein paar Versuchen war ich zufrieden mit meinem Entwurf und kopierte ihn auf ein sauberes Blatt Papier.

Liebe Bella,

leider kann ich nicht zu Deiner Geburtstagsfeier kommen, weil ich auf einer geheimen Mission bin. Worum es sich dabei handelt, kann ich Dir nicht verraten, das wäre zu gefährlich.

Nur so viel: Es hat etwas mit der Rettung des Landes zu tun und ist deshalb ziemlich wichtig. Ich darf leider auch nicht sagen, wo ich mich aufhalte. Aber eines fernen Tages, wenn die Mission erfüllt ist, kann ich vielleicht zurückkommen. Vielleicht klappt es aber auch nicht, deshalb steigere Dich da mal lieber nicht rein.
Ich denke jeden Tag an Euch beide, und wenn ich könnte, würde ich Euch tonnenweise Geschenke kaufen und ein cooles Handy für Amber und solches Zeug.
Ich wünsche Dir einen schönen Geburtstag und drück Dich

Dad

Also, ich fand den Brief gut. Weil er nicht zu dick aufgetragen war. Und weil er Bella nichts vormachte, ihr nichts versprach. Es war einfach ein kleines Lebenszeichen von Dad, damit es ihr besser ging, ohne dass sie sich gleich Hoffnungen machte.

Ich faltete das Blatt, schob es unter mein Kopfkissen und legte mich wieder hin, ein Wahnsinnsglücksgefühl im Bauch.

Ich war echt genial.

Irgendwann würde man mir noch den Friedensnobelpreis oder eine Heldenmedaille oder so verleihen.

Ich war eine lebende Legende.

Von Barbara Laban bereits erschienen:
Im Zeichen des Mondfests
Im Zeichen der Feuerschlange

MIX
Papier aus verantwortungsvollen Quellen
FSC® C014496

Ein *Chicken House*-Buch im Carlsen Verlag

Lektorat: Anja Kemmerzell
Umschlagbild: Shutterstock/Autsawin Uttisin
Umschlaggestaltung: Henry's Lodge, Vivien Heinz
Layout und Herstellung: Tobias Hametner
Satz: Dörlemann Satz, Lemförde
Lithografie: Margit Dittes Media, Hamburg
Gesetzt aus der Horley Old Style MT
Druck und Bindung: GGP Media GmbH, Pößneck
ISBN 978-3-551-52078-4
Printed in Germany

www.chickenhouse.de